RITUELS DE BAINS

Deborah Hanekamp
Traduit par Noélie Garreau

RITUELS DE BAINS

AMÉTHYSTE ÉDITIONS
2021

Améthyste Éditions
10, rue de Vidailhan
31130 Balma
FRANCE

www.amethyste-editions.com

Retrouvez-nous sur les réseaux sociaux
Facebook @AmethysteEditions
Twitter @AllianceMagique
Instagram @amethyste.editions

Traduction : Noélie Garreau
Sous la direction de Céline Morange
Couverture : Pauline Riché
Mise en page : Pauline Riché
Correction : Sandrine Pennard et Anne Desmier
Images couverture : © photographies : Ashley Glynn ; © iStock/nurofina (aquarelle fleurs et cristaux), Bogdan Populov (lunes)
Titre original : *Ritual Baths - Be Your Own Healer*

Un label des éditions Alliance Magique
ISBN : 979-10-97154-86-8
Dépôt légal : 4e trimestre 2021

Imprimé en Turquie

CE LIVRE EST DÉDIÉ À HERMAN ET MUNAY
MERCI POUR LA FORCE DE VOTRE AMOUR.

À propos de l'auteure

Deborah Hanekamp est une auteure américaine ainsi que la fondatrice de Mama Medicine, un centre holistique international. Rédactrice bien-être et spiritualité pour de grands magazines de mode, elle partage son expérience des Rituels de bains et invite, à travers ses nombreux articles et formations, chaque personne à faire ressortir le pouvoir de guérison en eux.

Sommaire

Introduction

> LA BLESSURE EST L'ENDROIT PAR LEQUEL LA LUMIÈRE ENTRE EN VOUS.
>
> — Rumi

Mon baptême a été mon premier « rituel de bains ». J'avais huit ans. La plupart des paroissiens de notre église n'étaient pas baptisés avant leurs trente ans, mais j'avais décidé depuis longtemps que je voulais me rapprocher le plus possible du divin. Je passais des heures dans les zones reculées du nord du Connecticut à rassembler des cristaux, à parler aux arbres et aux animaux, à chercher et à trouver de nombreuses façons différentes de prier. J'étais fascinée par Jean le Baptiste et par l'idée que les péchés puissent être lavés. Même à l'âge de huit ans, j'avais intuitivement compris l'importance du rituel baptismal, et je ne voulais pas attendre encore vingt-deux ans avant de pouvoir en faire l'expérience. Mon pasteur a tenté de m'en dissuader, mais rien ne pouvait me faire changer d'avis ; j'ai continué à lui demander jusqu'à ce qu'il accepte de me baptiser.

Je me souviens m'être tenue devant l'autel, à fixer les visages des membres de la congrégation. La robe de baptême en polyester bleu, taillée pour un adulte, me collait à la peau à cause de la transpiration. Je sentais l'odeur du chlore de l'eau, et me demandais à quelle température elle était. J'ai récité un verset de la Bible sur le pouvoir de l'amour. Je me rappelle la fierté que j'ai éprouvée, debout devant tous ces gens, à parler d'amour. Mon pasteur m'a montré une façon particulière de me boucher le nez tandis que je pénétrais ces eaux qui me semblaient incroyablement sacrées. Je suis entrée dans la grande baignoire d'eau froide. J'ai plongé la tête sous l'eau. Je ne savais pas exactement ce qu'étaient mes péchés, mais j'ai senti qu'ils étaient lavés. Lorsque j'ai sorti la tête de l'eau, je me souviens avoir été triste de ne pas pouvoir retenir ma respiration plus longtemps pour laver plus de péchés. Je suis sortie de la baignoire trempée jusqu'aux os, gelée, mais heureuse d'être née à nouveau.

Un mois après mon baptême, mon pédiatre a découvert durant un examen de routine une très grosse tumeur qui écrasait mon ovaire et ma trompe de Fallope droits, et mon appendice. Je devais être opérée d'urgence ; j'ai passé le mois qui a suivi à l'hôpital à me tordre de douleur. À ce moment, et même si je savais que cette tumeur risquait de m'empêcher de donner la vie, je m'accrochais à l'expérience de mon baptême et j'étais heureuse d'être en vie. Ce sont tous ces événements qui m'ont mise, très tôt, sur la voie de la spiritualité. À partir de ce moment, j'ai consacré ma vie à comprendre d'où venait ma tumeur et comment je pouvais me guérir afin de pouvoir être mère un jour.

Lorsque j'ai eu douze ans, ma famille a commencé à s'effondrer. Moins mon père rentrait de son travail, plus ma mère buvait. Nous avons arrêté de fréquenter l'église. À cause de cela, j'ai commencé à explorer d'autres moyens de me relier aux plans spirituels. J'ai toujours vu des auras de couleur autour des gens – c'est aussi naturel pour moi que de sentir le soleil sur ma peau. Un jour, j'en ai parlé aux enfants du quartier ; j'ai compris, à leurs réactions, que cela n'avait rien d'habituel. Je me suis

alors tournée vers des livres sur l'occulte, à la recherche de réponses à mes questions. J'ai ainsi compris que ces couleurs étaient ce que l'on appelle « des auras ».

À la suite de cette découverte, je me suis passionnée pour des artistes comme William Blake, qui peignaient ces auras. J'ai lu ses travaux en poésie, ainsi que ceux d'autres poètes ésotériques comme Rumi, Hafiz et même Jim Morrison. Ma situation familiale a continué à se dégrader, et je me suis retrouvée toute seule à l'âge de dix-sept ans. Je savais que j'avais deux solutions : je pouvais ou laisser mon passé douloureux façonner mon futur ou m'en remettre aux murmures du monde spirituel, un monde qui avait du sens pour moi, qui pourrait m'aider à comprendre pourquoi je vivais ces expériences difficiles et traumatisantes si jeune. J'ai choisi cette dernière option, et plus rien n'a jamais été comme avant.

Mon deuxième rituel de bains a changé ma vie. J'avais vingt-quatre ans et je suivais une formation pour devenir chaman en Amazonie péruvienne. Je devais, dans le cadre de cet enseignement, subir une *dieta*, une initiation chamanique péruvienne. La personne qui fait cette *dieta* doit habiter une petite cabane entièrement ensevelie dans la nature et exposée aux éléments de la jungle. Elle doit jeûner afin d'emmagasiner l'énergie d'une plante particulière, désignée par un chaman, qui doit aider à la guérison et à l'équilibre personnels. On m'a ainsi donné de la *bubinzana* (un arbuste de la famille du mimosa). Cette plante pousse le long des cours d'eau et est complètement détruite par les crues lors de la mousson. Cependant, ses racines sont tellement puissantes qu'une fois le cours d'eau calmé, elle germe à nouveau. En un mois, elle grandit jusqu'à atteindre la taille d'un arbuste. Au bout de trois mois, elle forme un buisson aux éclatantes fleurs roses, rouges et violettes. Pour les chamans, les soins à base de cette plante donnent aux personnes ayant vécu un début de vie compliqué de nouvelles racines. La *bubinzana* aide à se reconstruire et à s'épanouir dans l'adversité.

Cinq jours après le début de ma *dieta*, j'ai commencé à résister. J'étais affamée et je m'ennuyais avec moi-même pour seule compagnie. Toutes les ombres que j'ignorais jusque-là m'ont envahie, et j'ai commencé à perdre pied. Malgré sept années de pratique intense du yoga, d'entraînement zen, de cours de reiki et d'étude du large éventail des disciplines de la guérison énergétique, je n'avais même pas gratté la surface du travail de guérison spirituelle qu'il me restait à faire. Mes visions se sont faites de plus en plus sombres, remplies de chauves-souris et de démons, et j'étais totalement terrifiée. Pour la première fois, je n'arrivais pas à retrouver ma lumière.

Mon professeur m'a emmenée jusqu'à une cascade proche et m'a ordonné d'aller me placer en dessous. J'ai laissé l'eau me laver, et lorsque j'ai fini par me sentir mieux, je suis retournée près de lui. Il se tenait près d'un grand chaudron rempli de plantes qu'il mélangeait en chantant. Il m'a donné de l'argile et m'a dit de m'en couvrir puis de la laisser sécher au soleil. Une heure après, il m'a donné l'ordre de retourner sous la cascade, ce que j'ai fait. Je suis revenue auprès de lui et ai reçu cette fois-ci du miel. Au fur et à mesure que je m'enduisais de ce miel doré, je me sentais de mieux en mieux. Je suis retournée une dernière fois sous l'eau de la cascade, tandis que mon professeur continuait de mélanger le contenu de son chaudron en chantant.

Quand j'ai quitté la cascade pour la troisième et dernière fois, il m'a dit de me tenir debout sur un grand rocher en cristal de quartz. Il a versé le mélange qu'il avait préparé sur ma tête tout en chantant un magnifique *icaro* (un chant chamanique de guérison holistique). À cet instant, les ténèbres dans lesquelles je me trouvais ont disparu. Je me suis détachée de cette noirceur que je supportais non pas depuis ces quelques jours très intenses, mais depuis mon enfance. J'avais enfin trouvé la véritable lumière.

C'est à ce moment-là que j'ai compris les pouvoirs de guérison énergétique de l'eau et du rituel de bains. Je me suis alors passionnée pour ces éléments curatifs – l'argile, les cristaux, les plantes – qui avaient participé à ma purification. La singulière spirituelle en moi s'est lancée dans l'exploration de tous les ingrédients sacrés que je pouvais ajouter à mon bain quotidien afin de garder mon esprit purifié.

J'ai commencé à créer des bains rituels spécialement selon les auras, le calendrier cosmique et en fonction de ce qui nécessitait une guérison, d'abord pour moi, puis pour les autres.

Un rituel de bains n'est pas un bain ordinaire. On y utilise du sel afin de se purifier et on brûle des plantes pour bénir, tout en invoquant les pouvoirs de guérison spirituelle de divers cristaux, fleurs et plantes. Des chansons, mantras, prières et exercices de respiration font aussi partie du rituel afin d'améliorer les propriétés énergétiques du bain. Ce sont les mêmes bains rituels que je prescris maintenant à mes clients après chaque Lecture holistique, ma cérémonie chamanique de guérison, et au public en général grâce aux réseaux sociaux. Je pense que ces rituels de bains nous permettent de devenir nos propres guérisseurs, et qu'avec un mode de vie équilibré ils peuvent nous aider à faire une nouvelle lumière sur nous-mêmes, et à offrir à cette lumière l'occasion d'irradier le monde entier.

Comment utiliser ce livre

Dans un monde où nous sommes constamment plongés dans un environnement stimulant, il est plus qu'aisé de se tourner vers l'extérieur pour trouver le confort, la paix et les soins énergétiques dont nous avons besoin. Pour une véritable guérison et pour trouver son propre chemin, il ne faut cependant pas se tourner vers l'extérieur mais vers l'intérieur. J'ai créé tous ces bains rituels pour vous aider dans ce sens.

Après presque vingt années cumulées d'expérience dans la guérison et le bien-être spirituels, j'ai distillé toutes mes connaissances dans une nouvelle forme de thérapie et de guérison holistiques : les Lectures holistiques. Pendant une Lecture holistique, j'aide mes clients à réaligner et rééquilibrer leur énergie afin qu'à terme ils puissent se guérir par leurs propres moyens. À la fin d'une lecture, je prescris un rituel de bains. Ces bains allient anciens rituels de purification et de méditation et propriétés de guérison énergétique d'éléments courants comme les plantes, les fleurs et les cristaux. Ce ne sont pas des potions magiques qui agissent comme une panacée ; en revanche, les bains rituels, combinés à l'intention qu'on leur attribue, peuvent avoir un effet impressionnant.

Ce livre est un guide moderne pour vous permettre de vous guérir seule. Il est organisé par couleur d'aura et conçu pour vous pousser à vous fier à votre intuition afin d'infuser votre aura avec la couleur qui vous permettra d'atteindre un équilibre. Vous n'avez pas besoin de voir ou de connaître la couleur de votre aura pour choisir un bain. Vous le saurez au fond de vous. Car oui, vous avez de l'intuition ! Vous avez de l'intuition parce que vous avez des sentiments qui sauront guider votre sagesse, même s'ils vous mettent parfois mal à l'aise. Cette gêne est nécessaire à votre développement. Vous pouvez vous reposer sur ce que vous ressentez, ce que vous cherchez à obtenir ou au contraire ce dont vous voulez vous débarrasser spirituellement, émotionnellement, mentalement ou physiquement parlant afin de choisir quel bain préparer et avec quelle couleur infuser votre aura. Nous avons tous déjà fait l'expérience de l'influence de nos émotions sur notre énergie. Nos sentiments ont un effet similaire sur notre aura, car l'aura est notre corps énergétique.

LA LUNE

Nos émotions, qui sont un message de notre intuition, sont représentées par l'élément eau. L'eau est en constant changement, comme notre état émotionnel. Notre corps est composé majoritairement d'eau ; à l'instar de la Terre, nous sommes très influencés par le champ gravitationnel du soleil et de la lune. Lors des nouvelle et pleine lunes, notre soleil et notre lune influent sur la Terre, ce qui fait monter les marées des océans. Cette force touche aussi les plus petits plans d'eau : l'humidité s'élève dans la terre, stimulant ainsi le développement de la nature mais aussi de notre corps, car nous faisons partie de la nature.

La nouvelle lune est le meilleur moment pour planter les graines de notre intention ou pour inviter l'énergie en nous. La pleine lune est une période idéale pour faire du tri et se recentrer afin de laisser de la place pour un nouveau développement. J'aime aligner mes rituels de bains avec les phases de la lune ; vous pouvez faire de même en suivant son cycle chaque mois. Tout comme la lune, nous sommes toujours en train de changer, d'évoluer et de grandir. Nous sommes toujours en train de nous élever et de tomber. Nous sommes toujours en train d'accueillir ou d'évacuer. C'est pour cela que j'ai créé une liste de bains puissants, selon ce que vous souhaitez accueillir ou évacuer.

L'ASTROLOGIE

Même si je crois au destin, je crois aussi que le libre arbitre a une grande influence sur notre personne aujourd'hui et sur qui nous deviendrons demain. Peu importe l'étoile sous laquelle vous êtes née, je sais que vous avez le pouvoir de choisir ce que vous ferez de la vie que vous avez reçue.

Cela étant dit, je pense que connaître vos étoiles est une bonne chose, car c'est une forme de sagesse et d'étude de soi. Je suis persuadée qu'il est bon de savoir dans quelle maison astrologique se trouve la lune, car cela peut nous aider à nous développer dans une certaine direction. Lorsque la lune traverse une maison en particulier, cela peut être le bon moment pour travailler avec les éléments qui sont associés à ce signe. Par exemple, une pleine lune en Scorpion (le signe le plus à l'aise avec la mort) est la période idéale pour tailler les feuilles mortes de vos plantes afin d'encourager la pousse de nouvelles feuilles. Nous pouvons aussi nous inspirer de ce procédé afin de relâcher ce dont nous n'avons plus besoin. J'ai inclus dans chaque bain rituel les signes du zodiaque dont l'énergie se rapproche le plus, afin de nous connecter, nous, habitants de la Terre, aux merveilles et à la sagesse de nos cieux.

LES CHAKRAS

La couleur des auras correspond-elle à celle des chakras ? J'ai appris tout ce qu'il y a à savoir sur le système des chakras durant les dix années que j'ai passées à enseigner le yoga et à former de nouveaux professeurs de yoga, et ce système me paraît très logique. Je vois de nombreux endroits où la couleur des auras et celle des chakras correspondent, mais aussi d'autres où elles diffèrent. J'imagine plutôt cela comme une correspondance forcée. Alors même, si je trouve les chakras et leurs couleurs absolument fascinants, je ne parlerai pas de leur corrélation aux auras dans ce livre.

LES ÉLÉMENTS

Je pense que les éléments de la Terre, de l'Air, de l'Eau et du Feu sont les ingrédients clés pour devenir votre propre guérisseuse. J'ai tellement foi en ces forces que je dirige chaque année une retraite pour apprendre aux femmes de tout âge comment se servir des éléments qui se trouvent en elles et autour d'elles. Les utiliser nous permet de ne pas nous perdre dans la treizième dimension tandis que nous devenons de plus en plus sensibles spirituellement. Vous êtes sur la Terre, dans la troisième dimension, car vous devez être ici, maintenant. La Terre a besoin de vous à ce moment précis. Évidemment, pouvoir sentir notre moi multidimensionnel est fascinant, mais nous n'en faisons l'expérience qu'afin de l'ancrer et d'utiliser ce qu'il nous apprend comme soins holistiques pour nous et pour les autres. C'est ce que permet le travail avec les éléments.

LES INGRÉDIENTS DU BAIN

Certains bains auront la couleur de l'aura qu'ils concernent, mais d'autres utiliseront des plantes et des pierres qui représentent seulement cette couleur ; l'eau restera transparente. Certains bains requièrent des ingrédients plus élaborés tandis que vous trouverez dans votre cuisine tout le nécessaire pour d'autres. J'ai établi une encyclopédie des ingrédients (page 295) afin que vous compreniez la signification spirituelle de chaque plante et cristal. J'espère qu'avec le temps vous aurez assez confiance en votre savoir pour créer intuitivement vos propres bains.

Gardez à l'esprit que, si vous n'avez pas tous les ingrédients, ce n'est pas un drame. Vous pouvez improviser, ou simplement faire sans. L'intention, le rituel et l'eau sont les seuls éléments nécessaires pour accomplir un rituel de bains efficace. Savoir improviser se révélera surtout utile concernant les cristaux. Je pense que ce sont les cristaux qui nous trouvent. Parfois sur une plage, parfois grâce à un ami, parfois dans un magasin. Si je recommande un cristal spécifique mais que vous sentez qu'un autre, qui vous a déjà été utile, vous appelle, suivez votre instinct. Vous avez déjà tous les outils nécessaires pour devenir votre propre guérisseuse. Les cristaux, les plantes, même votre baignoire ne sont que des rappels externes de la conscience que vous infusez à votre ouvrage. Mon travail se concentre sur le fait de vous donner toutes les clés pour atteindre cet endroit en vous où vous pourrez faire la connaissance de votre guérisseuse intérieure, votre gardienne du savoir. Les bains rituels sont une manière fantastique de prendre conscience de votre faculté à vous guérir par vos propres moyens. Écoutez votre guide intérieur – l'amour que vous portez – puis improvisez, mélangez, associez et combinez les bains.

Le kit de base des rituels de bains qu'il faut toujours avoir sous la main comprend :

- Une bougie
- Un bâton de cannelle pour fabriquer un bâton de fumigation
- Du sel de bain
- Du romarin, frais ou séché
- Une plume trouvée

Si vous trouvez une plume dans la nature, vous pouvez vous en servir pour diriger la fumée vers votre corps. Je vous encourage à n'utiliser que des plumes que vous avez trouvées ou qu'on vous a offertes ; lorsque vous achetez des plumes (ou n'importe quel matériau d'origine animale), vous ne pouvez jamais être sûre du chemin qu'elles ont parcouru avant d'atterrir sur les étagères du magasin. Certaines méthodes utilisées pour récolter des plumes et d'autres matériaux animaux sont tout simplement cruels, et un ingrédient de guérison énergétique acquis via la cruauté ou une exploitation, quelle qu'elle soit, perd tout son intérêt de guérison. Il n'ajoute qu'à la souffrance que l'avidité crée dans le cœur humain. Lorsque vous trouvez une plume dans la nature, c'est un signe que l'univers vous en fait cadeau, et que cette plume est un outil spirituel fait pour que vous l'utilisiez ; c'est une manière pour l'univers de vous annoncer que vous avez terminé un voyage ou un séjour spirituel et que vous pouvez maintenant évoluer, d'une façon ou d'une autre. Acceptez ce présent et laissez quelque chose en échange, comme du tabac, de la sauge, ou bien simplement votre amour. Il peut être amusant de stimuler votre créativité en fabriquant une baguette avec les plumes que vous récoltez, même si cela vous prend plusieurs années. Combiner différentes plantes lors des fumigations sera encore plus efficace : le fait de brûler des plantes séchées autour du corps ou dans une pièce permet de purifier le champ de l'aura.

Pour purifier l'aura, on utilise le plus souvent une baguette de sélénite. La sélénite est un sel, alors ne l'utilisez qu'en dehors du bain. Vous devriez aussi envisager d'enrouler l'une des extrémités de votre baguette avec du tissu. Il s'agit d'une pierre très fragile : gardez-la en lieu sûr.

La température de l'eau dépend de vos goûts personnels.

VOTRE PROPRE EXPÉRIENCE

Une chose très importante à garder en tête lorsque vous utilisez ce livre est qu'il n'est pas nécessaire de croire en quoi que ce soit pour ressentir le pouvoir tranquille des bains. Je parle bien d'anges, de guides et de vies antérieures, mais tout cela se rapporte à mon expérience. Si vous vivez et voyez les choses différemment, c'est très bien ! Sélectionnez ce qui vous convient et laissez le reste de côté. Je veux que vous vous sentiez puissante, pas contrainte. Pour tout dire, bien que je croie à l'ésotérisme, je suis très sceptique concernant ce qui se trouve dans le domaine du bien-être spirituel. Je suis entrée dans ce monde alors que j'étais encore très jeune, et j'ai vu de nombreuses personnes offrir leurs pouvoirs à des gourous bien installés sur leur piédestal, qui traitaient tous les autres comme des êtres inférieurs. J'ai rencontré beaucoup de gens travaillant comme guérisseurs mais qui étaient

tellement déphasés ou drogués qu'ils étaient incapables de gérer une relation, un foyer, leur emploi du temps ou leurs impôts. J'ai même vu des personnes devenir accros aux soins à base de plantes, aux guérisseurs, aux chamans. Chez ceux qui se disaient spirituels mais pas religieux, j'ai été témoin de dogmes, de restriction et de piété. Quand je me suis lancée sur ce chemin, j'étais jeune et jolie : je ne compte plus le nombre de vieux pervers qui m'ont approchée sous couvert d'être des professeurs de yoga, de méditation, des masseurs-thérapeutes, des chamans ou des guérisseurs. Ils avaient le double de mon âge et se servaient de leur autorité pour me pousser à avoir des relations sexuelles avec eux (heureusement, j'étais assez rebelle pour comprendre leurs intentions).

C'est pour cela que, quand quelqu'un m'annonce être guérisseur, je me demande ce qu'il entend par là. J'examine toutes les informations que je lis, vois et entends grâce à mon propre système d'analyse de la vérité : mon intuition. Pendant que vous utilisez ce livre, je veux que vous fassiez de même. Je ne veux pas que vous fassiez quoi que ce soit seulement parce que je vous dis de le faire. Je veux que vous fassiez ce qui vous convient. Considérez tout ce qui est écrit dans ces pages comme des suggestions, des opinions. Lorsque, pendant une Lecture holistique ou une retraite, quelqu'un me demande ce que tel rêve ou tel symbole signifie, je lui retourne la question : « Qu'est-ce que cela signifie pour vous ? » Il est bien moins intéressant que je vous donne les réponses à vos questions, et bien plus important que vous parveniez à les trouver par vos propres moyens. C'est ainsi que vous apprendrez vraiment. Votre vérité se cache en vous, mes chéries. Ni moi ni qui que ce soit d'autre ne peut vous dire où aller ou quoi faire, car vous êtes la seule personne à posséder votre magie.

J'AI ALORS DIT : « TU M'AS DEMANDÉ SI JE PENSAIS QUE TES VISIONS ÉTAIENT VRAIES. JE TE RÉPONDRAIS QU'ELLES LE SONT SI ELLES FONT DE TOI QUELQU'UN DE PLUS HUMAIN, DE MEILLEUR ENVERS TOUTES LES CRÉATURES ET LES PLANTES QUE TU CONNAIS. »

— Hafiz

J'APPELLE / J'ACCUEILLE

Rouge	Bain de l'Ancrage Bain des Ancêtres Bain du Foyer	Bain vigilance = Protection Bain de la Force
Orange	Bain des Relations Bain de Richesse	Bain de la Fertilité
Jaune	Bain des Alliés Bain des Limites saines Bain de la Guerrière	Bain pour trouver sa raison d'Être Bain de l'Assimilation Bain de la Confiance en Soi
Vert	Bain de la Louve Attentive Bain de l'Empathie Bain de l'Espoir	Bain d'Union avec la Nature Bain pour devenir ma propre soigneuse Bain de l'Âme Sœur
Bleu	Bain des Esprits Guides Bain des Esprits à naître	Bain de la Communication avec l'au-delà Bain de la Foi
Indigo	Bain de la Rebelle Sacrée Bain de la Voix Intérieure Bain de l'Intuition	Bain de la Connexion à l'Univers Bain de la Vérité
Violet	Bain des Rêves Bain de la Nouvelle Lune	Bain de Mercure prograde Bain de Guidance Divine

Nuances additionnelles

Nacre	Bain des Vies Antérieures
Magenta	Bain de la Naissance de l'Amour

J'EXPULSE

Rouge	*Bain pour se libérer des liens*	*Bain de Naissance*
Orange	*Bain de la Créativité* *Bain de Guérison Sexuelle*	*Bain du Bonheur et des Célébrations*
Jaune	*Bain de la Renaissance* *Bain de Reconnaissance*	*Bain pour Vaincre l'addiction*
Vert	*Bain de la Louve Attentive*	*Bain de Mercure rétrograde*
Bleu	*Bain de l'Honnêteté* *Bain de l'Épanouissement*	*Bain de l'Affranchissement*
Indigo	*Bain de Régénération*	
Violet	*Bain du Deuil* *Bain de l'Unité* *Bain de la Pleine Lune*	*Bain de Purification Énergétique* *Bain des Rêves*

Nuances additionnelles

Argent	*Bain de la Lumière Protectrice*	Nacre	*Bain des Vies Antérieures*
Or	*Bain du Mandala rituel*	Magenta	*Bain de la Naissance de l'Amour*

OMBRE ET LUMIÈRE

Pour pouvoir nous soigner nous-mêmes, il nous faut trouver l'équilibre. Notre lumière et notre ombre ne sont ni bonnes ni mauvaises.

L'ombre est le coin sombre et poussiéreux de nous-mêmes que nous préférons cacher. Il peut s'agir de notre passé, d'habitudes qui ne nous servent plus ou de nos anciennes blessures. En intégrant et en acceptant cette ombre au lieu de la rejeter, nous gagnons en sagesse et en développement. Il peut être compliqué d'être honnête avec soi-même concernant ce genre de choses, mais négliger notre ombre peut nous faire perdre pied ou nous perdre nous-mêmes complètement. Regardez les plantes : la plupart d'entre elles ont besoin d'avoir leurs racines enfoncées dans une terre sombre et riche en nutriments afin de s'élancer courageusement vers la lumière. Nous ne sommes pas si différentes.

La lumière est le pouvoir de l'amour que nous portons. Lorsque nous en faisons l'expérience, le plaisir qu'elle nous procure nous pousse à en vouloir toujours plus. Ce sont notre gentillesse et notre bonté qui font que, même en vieillissant, nous restons curieuses, ouvertes et tolérantes. Chaque fois que nous pensons ou que nous agissons, nous avons un choix à faire. L'une des options nous laissera errer dans une boucle sombre, car nous n'avons pas encore appris la leçon importante qu'elle nous enseignait. Cette décision nous donne une nouvelle chance d'apprendre la leçon. L'autre option nous propose une lumière qui nous guide vers plus d'amour, de nouvelles expériences et de nouvelles leçons à apprendre.

Au cours de mes vingt ans sur ce chemin spirituel, j'ai remarqué que nous n'avons jamais terminé de travailler sur nous-mêmes. Notre croissance n'est jamais terminée. Nous pouvons toujours ressentir plus d'amour. L'amour, la bonté et l'empathie sont, selon moi, la marque d'un humain vraiment spirituel. Je ne me concentre pas sur votre travail, vos vêtements, vos croyances, ce que vous mangez ou buvez, ou vos loisirs. Je regarde si vous aimez, à la fois votre propre personne et les autres, et si vous saisissez les opportunités qui vous sont présentées pour montrer votre bonté. C'est alors que je vois une vraie guide, une vraie guérisseuse en vous, car le vrai maître, le vrai guérisseur, c'est l'amour.

Purification et bénédiction de l'aura

DÉMYSTIFIONS L'AURA

Vous voyez la sensation que vous avez lorsque vous êtes sur le point de tourner à un angle, et que vous avez le sentiment que vous allez percuter quelqu'un si vous ne vous écartez pas ? Ou lorsque vous sentez qu'on vous observe sans même voir la personne en question ? Lorsque quelqu'un entre dans une pièce et que l'atmosphère du groupe change ? On appelle tout cela les « ressentis énergétiques ». Nous ne sommes pas qu'un ensemble de chair, d'os et d'esprit. Nous sommes toutes et tous connectés au monde tout autour de nous. Nous avons tous, en plus de notre corps physique, un corps d'énergie : une aura.

Le concept d'aura est apparu chez nos plus anciennes civilisations. Le mot *aura* vient du grec ancien et signifie « souffle, vent, brise ». Les yogis parlent de *pranamaya kosha*. En sanskrit, on utilise le mot *prana* pour désigner à la fois le souffle et l'énergie. En Chine, on parle de l'aura avec le mot *chi*, et au Japon, le *ki*. Les premières peintures chrétiennes et égyptiennes présentent des halos autour de personnages centraux, et Hildegarde de Bingen, une guérisseuse, nonne et prophète du XIIe siècle, disait percevoir une lumière autour des gens.

L'Occident a oublié l'aura et toutes ses traces. À part durant un bref retour vers 1910 avec la Société théosophique, la croyance en l'aura était très limitée jusqu'à l'avènement du mouvement New Age dans les années 1970. Les sceptiques ont mené, pendant toutes ces années, d'innombrables expériences pour réussir à « piéger » ceux qui disaient pouvoir voir les auras, afin de prouver qu'aucun champ d'énergie humaine n'existait. Pour être honnête, je pense que si je devais passer un tel examen, j'échouerais moi aussi. Prouver ou non que les auras existent serait aussi difficile que d'expliquer ce qui se passe après la mort ou comment nous tombons amoureux – cela fait partie des grands mystères de la vie, et ne peut donc pas être défini logiquement.

J'ai compris que tout le monde ne voyait pas les auras lorsque j'avais douze ans. J'étais là, avec mes taches de rousseur, ma coupe de cheveux ratée et les élastiques colorés de mon appareil dentaire, à parler à mes amis des formes et des couleurs autour des personnes, et ce qu'elles signifiaient. Ils m'ont regardée comme si j'étais folle, et c'est là que j'ai compris qu'ils ne voyaient pas ce que moi je voyais. J'étais si mal à l'aise et gênée que, pendant longtemps, je n'ai plus parlé des auras qu'avec les personnes les plus proches de moi. Avec l'âge, j'ai appris à me détacher de cette peur et à partager mon don unique.

J'ai aussi appris à exprimer ce que je vois dans les auras afin d'aider les gens à découvrir des obstacles potentiels ou leurs talents cachés afin qu'ils puissent vivre une vie équilibrée, authentique et heureuse. Ce présent, suivi d'une cérémonie chamanique multisensorielle, s'appelle une « Lecture holistique » : c'est le procédé que j'ai inventé après mes quinze ans de voyage spirituel.

Parfois, certaines personnes désirent apprendre à voir les auras. Je leur réponds que nous sommes tous capables de sentir l'énergie d'une façon ou d'une autre. La manière dont nous la percevons, que ce soit par l'odorat, la vue, l'ouïe, le toucher ou même le goût, dépend de nos propres dons personnels. Voici quelques conseils pour nourrir et développer vos propres dons et vous trouver dans un état d'esprit plus réceptif :

- Dormez suffisamment.
- Passez moins de temps devant les écrans et plus de temps à observer la nature.
- Méditez fréquemment.
- Pratiquez le *trataka*, une méditation avec une bougie utilisée par les yogis pour purifier leurs yeux.
- Mangez équilibré et évitez les toxines.
- Passez du temps seule.

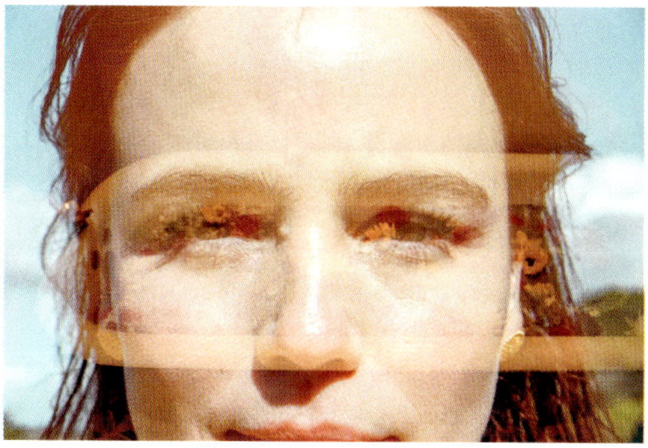

Je ne suis toujours pas sûre que vous puissiez « apprendre » à voir les auras, mais après avoir travaillé votre état d'esprit réceptif, vous pouvez essayer ainsi. Lorsque vous êtes prête, demandez à un ami de se tenir debout devant un mur blanc dans une pièce bien éclairée. Face à lui, fermez les yeux et prenez trois profondes inspirations. Ouvrez les yeux et regardez-le, en laissant votre regard se troubler légèrement. Soyez patiente, et l'aura apparaîtra peut-être.

Les deux premières questions qu'on me pose régulièrement sont : « De quelle couleur est mon aura ? » et « Qu'est-ce que ça signifie ? ». La plupart des gens ont plusieurs couleurs d'auras, dans des quantités variables. Des couleurs et des formes différentes à des endroits différents auront des significations différentes. Notre humeur peut aussi changer la couleur de notre aura. Par exemple, lorsqu'une personne est confiante et ouverte, son aura est multicolore, éclatante et plus étendue. L'aura de quelqu'un de plus renfermé pourra n'être que d'une seule couleur et coller à son corps physique.

Les combinaisons de couleurs font de l'analyse et la lecture des auras un art difficile qui nécessite de passer beaucoup de temps à parler avec chaque personne pour en apprendre davantage sur elle. La lecture d'aura revient à apprendre une langue ésotérique que personne ne peut vous enseigner et dont vous ne trouvez aucun texte. Il sera compliqué de l'apprendre, mais je vais vous expliquer les (très) grandes lignes de la signification de ces couleurs pour moi.

DE QUELLE COULEUR EST MON AURA ?

Rouge	*Terre à terre, passionnée, matérialiste, relations professionnelles, tournée vers la famille, forte*
Orange	*Créative, réceptive, inventive, capable de faire des rêves une réalité, besoins remplis*
Jaune	*Joie, santé, nouveau départ, pensées positives, conscience, protection, addiction*
Vert	*Guérisseuse naturelle, empathique, amour, maternelle, lien fort avec la nature*
Bleu	*Équilibre et besoin d'équilibre pour avancer, organisée, professeure, événement capital qui arrive*
Indigo	*Changer la donne, début de vie difficile, prompte à aider, détermination, dépression si mauvaise voie, rebelle sacrée*
Violet	*Rêveuse, consciente spirituellement, timidité, protectrice, leader*

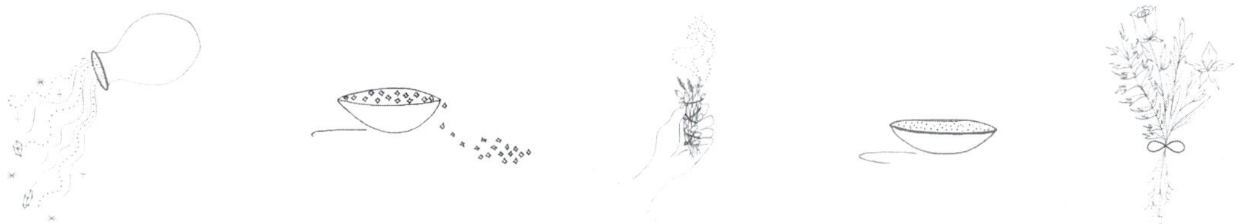

POURQUOI PURIFIER ET BÉNIR L'AURA ?

Si le corps physique a besoin d'être purifié, il est normal que ce soit aussi le cas du corps énergétique. Peut-être que la journée a été difficile au travail, que le trajet dans un métro bondé vous a abattue, ou juste que vous vous sentez « lourde ». Peu importe l'origine de cette sensation, cela veut dire qu'il est temps de purifier votre aura.

Avant de prescrire un rituel de bains, j'aime proposer une « pré-purification » du champ de l'aura afin de préparer et d'honorer le soin holistique que vous allez vous offrir. Maintenant que vous avez compris comment vous pouvez vous entraîner à percevoir l'aura et ce que chaque couleur peut signifier, vous sentirez une connexion plus profonde avec l'énergie qui se trouve autour de vous. Dans les chapitres qui suivent, j'expliquerai en quoi les auras sont importantes pour les bains rituels et pourquoi il faut parfois purifier notre aura grâce au bain afin de nous protéger. J'ai listé dans l'encyclopédie des ingrédients à la fin du livre des herbes qui peuvent vous aider à nettoyer l'aura. Il est recommandé de vous familiariser avec ces herbes avant de vous pencher sur les recettes de bains rituels qui constituent le cœur de cet ouvrage.

Correspondances élémentaires

Le corps humain est composé d'eau à 60 %. L'eau de notre corps et les eaux de la Terre se déplacent et changent à cause de l'attraction de la lune. Lorsque celle-ci est nouvelle ou pleine, cela crée une poussée dans l'océan : résultat, des marées plus hautes et parfois des orages. Notre cerveau est aussi majoritairement composé d'eau. Serait-ce la raison pour laquelle nos émotions sont si fortes durant les nouvelle et pleine lunes ? Comme l'élément eau sert de connexion à notre corps émotionnel, nous nous retrouvons dans tous nos états lorsque la lune est pleine, nouvelle, durant les super lunes ou les éclipses solaire ou lunaire.

Pendant la nouvelle lune, on peut pleurer toute la journée alors qu'on se débarrasse de nos vieilles habitudes et manies devenues inutiles. Lors de la pleine lune, à l'inverse, on peut se sentir plus agressive ou frustrée à cause de la lumière qu'elle projette sur ce que nous devons guérir.

La lune et la douce obscurité du ciel nocturne qui l'entoure nous poussent à réfléchir. Plus nous cédons à ce besoin naturel, plus nous avons l'impression d'atteindre un état équilibré et connecté. Le simple fait d'écrire dans notre journal durant la nouvelle lune, de prendre nos médicaments pendant la pleine lune ou de faire le ménage sous une lune gibbeuse décroissante peut nous aider à nous rapprocher du flux naturel de la lune, et donc du flux de l'eau présente dans notre corps.

Depuis le début de l'agriculture, les agriculteurs savent qu'il faut planter les graines durant une nouvelle lune, procéder aux récoltes lorsqu'elle est pleine, élaguer sous une lune gibbeuse croissante, et fertiliser et tailler pendant une lune gibbeuse décroissante. Avant que nous ne commencions à nous abrutir avec la technologie le soir, nos ancêtres puisaient dans les ressources du ciel nocturne et de notre sœur la lune ; ils mettaient la responsabilité de leurs choix de vie entre les mains sages et aimantes de cet astre. Même si nous n'avons plus besoin de travailler dans les champs pour survivre, nous pouvons toujours nous connecter à la lune afin d'équilibrer l'élément eau présent dans notre corps et nos émotions. Pour une femme menstruée, avoir ses règles durant une pleine ou une nouvelle lune est un bon signe d'alignement avec le satellite. Pendant une nouvelle lune, cela signifie que vous faites de votre mieux pour être ouverte et réceptive ; pendant la pleine lune, que vous essayez de briller et que vous êtes prête à vous montrer.

En vous plongeant dans l'eau et en prenant des bains en suivant les phases de la lune, vous exprimez votre intention de vous connecter avec notre lumineuse sœur. Cette dernière est une puissante représentation de notre sagesse féminine divine, toujours présente et en perpétuelle évolution. Elle renvoie au soleil sa propre lumière. Notre sœur la lune nous encourage à utiliser notre voix afin de chanter pour elle – tant les chouettes que les loups, les criquets ou les humains –, nous rappelant grâce à l'union de nos chants que nous sommes tous connectés et que, comme elle, nous naissons, nous grandissons, nous nous affaiblissons et nous disparaissons.

L'ÉNERGIE DE LA LUNE DÉCROISSANTE

C'est le moment de lâcher prise et de se relâcher. À quoi vous accrochez-vous, alors même que cela n'a plus aucune utilité pour vous ? Faites du ménage dans votre foyer, votre esprit et votre corps. Prenez des bains qui se concentrent sur la purification de l'énergie. Offrez à la Terre des cristaux ou des plantes coupées.

L'ÉNERGIE DE LA NOUVELLE LUNE

Vous êtes déjà bien libérée, mais de quoi pouvez-vous encore vous défaire ? Coupez vos cheveux et offrez-les à la Terre afin de libérer l'énergie qu'ils contiennent. Pleurez si vous en avez besoin puis reposez-vous. Toute cette libération est éreintante ! Lorsque vous êtes prête, prenez le temps de planter de nouvelles graines, au sens propre comme au figuré. Énoncez vos intentions dans votre journal, ou en allumant une bougie et en focalisant votre intention dans la flamme. Vous pouvez aussi envoyer votre intention dans un cristal de quartz que vous enterrerez dans la terre afin qu'il puisse prendre racine, et le déterrer à la pleine lune pour le tenir entre vos mains et recevoir des révélations sur votre intention. C'est une période propice aux bains qui comprennent des chants, à la lumière des chandelles.

L'ÉNERGIE DE LA LUNE CROISSANTE

Il est temps de nourrir les graines de l'intention que vous avez plantées. Que pouvez-vous faire afin de la développer ? Parfois, il suffit de planter la graine et de laisser la nature faire le reste. Mais la plupart du temps, lorsque l'on veut que quelque chose grandisse, il faut activement le nourrir ; c'est la même chose pour les intentions. Par exemple, si l'intention que vous avez choisie à la nouvelle lune est de trouver un travail qui vous plaît, c'est le moment d'envoyer votre candidature, de développer votre réseau et d'aller frapper à la porte des entreprises qui vous intéressent. Vous pouvez travailler avec l'énergie de la lune croissante en tenant votre journal, en faisant des promenades méditatives le soir, et en prenant des bains avec des ingrédients actifs comme la cannelle, le basilic et les cristaux d'améthyste.

L'ÉNERGIE DE LA PLEINE LUNE

Après l'effort, le réconfort. Vous avez tout fait pour nourrir au mieux votre intention : il est maintenant temps de célébrer votre croissance en direction de votre intention. Préparez des soins, chantez, dansez, hurlez, rencontrez des gens, partagez. La pleine lune est un temps de révélations. Qu'est-ce qui vous apparaît aujourd'hui ? Votre lumière et votre ombre sont particulièrement visibles en cette période. Accueillez et célébrez-les ! Sans l'ombre, comment pourrait-on acquérir la sagesse nécessaire pour atteindre la lumière ? Prenez des bains qui vous font vous sentir magnifique. Utilisez des fleurs en pleine floraison, à l'image de notre sœur la lune.

LES ÉLÉMENTS

Les éléments – l'Air, le Feu, l'Eau et la Terre – se trouvent autant autour de nous qu'en nous. L'Air est notre souffle, notre moyen de communication, notre vérité. Le Feu est notre esprit, notre pureté, notre passion, notre clarté et notre perception. L'Eau est notre sang, notre lien avec tout ce qui existe, nos émotions, notre intuition. La Terre est notre corps, notre abondance, notre croissance, notre guide (votre corps est sage, il vous guide toujours vers ce dont vous avez besoin). En travaillant avec les éléments naturels, nous nous soignons par nous-mêmes, car nous faisons partie de la nature. Même si nous n'avons jamais appris le changement des marées, nous pouvons sentir notre connexion aux éléments. Sortez dehors un jour de grand vent ; relâchez vos cheveux et laissez vos bras se lever. Sentez-vous le vent qui purifie votre esprit ? Les éléments nous parlent, même si nous ne nous sommes jamais consciemment connectés à eux.

Mais lorsque nous faisons cet effort, nous découvrons que les éléments autour de nous et en nous attendent, depuis le début, que nous commencions à travailler de concert. Lorsque vous incluez les éléments dans vos rituels de bains, vous permettez à votre œuvre de trouver un ancrage. Vous pouvez utiliser un talisman pour représenter chaque élément. Par exemple, une plume que vous avez ramassée ou un bâton de fumigation pour l'Air, une bougie pour le Feu, l'eau de votre bain pour l'Eau et des cristaux pour la Terre. Les éléments sont aussi liés à chaque point cardinal.

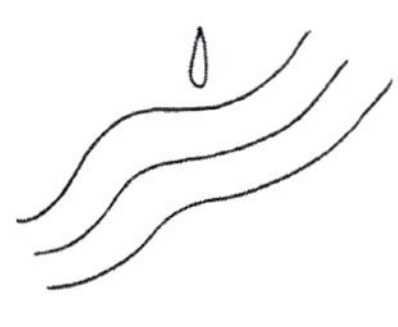

LES POINTS CARDINAUX

EST, SUD, OUEST, NORD

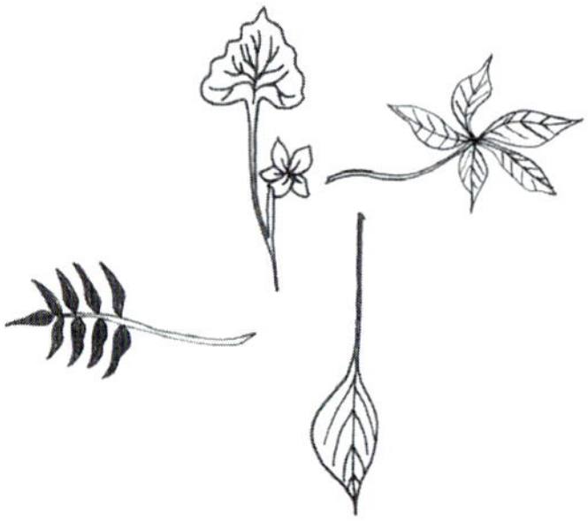

Durant mes voyages au Pérou, j'ai appris l'importance d'envoyer une bénédiction en direction des points cardinaux et de s'en remettre à eux. J'ai alors remarqué que le fait d'appeler les points cardinaux avant et après les cérémonies faisait partie d'anciennes traditions à travers le monde entier. En invoquant une direction avant un bain rituel, l'expérience revêt alors un aspect encore plus cérémonial.

Pour appeler un point cardinal, utilisez une boussole pour voir où se trouvent les directions. Vous pouvez alors placer autour les talismans correspondant à chaque direction. Commencez à l'est, car il s'agit de la direction de la nouveauté, puis le sud, l'ouest et le nord. Tenez-vous bien droite, les paumes tournées vers l'est et appelez cette direction selon votre manière habituelle de prier. J'ai créé une chanson que j'aime utiliser pour invoquer les directions :

Nettoie mon énergie, aide-moi à trouver les mots
Nettoie mon énergie, Air sacré
Air sacré de l'est
Je fais appel à ta grâce
Je fais appel à ta grâce
Je fais appel à ta grâce, Air sacré de l'est

Purifie mon esprit, aide-moi à voir la réalité
Purifie mon esprit, Feu sacré
Feu sacré du sud
Feu sacré du sud
Je fais appel à ta grâce
Je fais appel à ta grâce
Je fais appel à ta grâce
Feu sacré du sud

Embrasse-moi doucement, apprends-moi à recevoir
Embrasse-moi doucement, Eau sacrée
Eau sacrée de l'ouest
Eau sacrée
Eau sacrée de l'ouest
Je fais appel à ta grâce
Je fais appel à ta grâce
Je fais appel à ta grâce
Eau sacrée de l'ouest

Veille sur moi, encourage mes possibilités
Veille sur moi, Terre sacrée
Terre sacrée du nord
Je fais appel à ta grâce
Je fais appel à ta grâce
Je fais appel à ta grâce
Terre sacrée du nord

Les points cardinaux feront partie de chaque bain afin de vous aider à comprendre le caractère ancien de l'énergie avec laquelle vous allez travailler. Vous pouvez tout à fait feuilleter le livre et essayer un bain qui vous aligne à une direction qui fait écho en vous. En procédant ainsi, vous découvrirez peut-être comment trouver vous-même votre direction.

LES SIGNES

Le signe sous lequel se trouvent la lune et le soleil peut changer les énergies que ces astres produisent. Nos sentiments, individuellement et collectivement, se trouvent eux aussi transformés par les signes astrologiques sous lesquels se trouvent le soleil et la lune, qui ont une grande influence sur nous. Comme il s'agit d'un autre outil à exploiter durant vos bains, j'ai ajouté les signes astrologiques à chaque couleur d'aura et à chaque bain. Vous pouvez ainsi tirer plus de profit en prenant un bain lorsque le soleil, la lune ou une planète qui vous parle se trouve sous le signe du bain que vous prenez, ou si le signe correspond au soleil, à la lune ou à l'ascendant sous lequel vous êtes né. Vous trouverez ci-après la symbolique de chaque signe :

VERSEAU	VISIONS NOUVELLES
POISSONS	CURIOSITÉ
BÉLIER	INTELLIGENCE
TAUREAU	STABILITÉ
GÉMEAUX	ALLÉGRESSE
CANCER	RÊVE
LION	PURETÉ
VIERGE	ANCRAGE
BALANCE	ÉQUILIBRE
SCORPION	REBELLE SACRÉE
SAGITTAIRE	ÉCLAT
CAPRICORNE	LEADERSHIP

LES SAISONS

Les saisons peuvent aussi avoir un effet important sur notre bien-être. J'utiliserai dans tout cet ouvrage des symboles des saisons afin de vous guider vers le bain qui vous correspond au moment où vous en avez besoin. Vous n'avez pas à vous limiter à la saison du moment pour choisir votre bain. La saison indiquée n'est là que pour guider votre choix selon ce que vous souhaitez appeler ou évacuer.

PRINTEMPS	NOUVEAU DÉPART, ESPOIR, DEUIL
ÉTÉ	ABONDANCE, AMOUR, COLÈRE
AUTOMNE	PURIFICATION, CRÉATIVITÉ, ANXIÉTÉ
HIVER	SILENCE, RÉFLEXION, REPOS, DÉPRESSION

Printemps

Été

Automne

Hiver

LES RECOMMANDATIONS DE TISANES

Je recommande avec chaque bain une tisane qui sera parfaite à siroter tandis que vous profitez du bain. Pour préparer la boisson, vous n'avez qu'à placer les plantes conseillées (fraîches ou séchées) dans une théière ou un sachet de thé. Placez dans votre théière un cristal de quartz rose propre. Si vous en ressentez le besoin, vous pouvez chanter en buvant votre tisane afin de renforcer son effet. Comme pour toutes les indications que vous trouverez entre ces pages, utilisez ce que vous avez sous la main et ne vous inquiétez pas si vous n'êtes pas aussi précise ! Il n'y a véritablement que votre intention qui compte.

Préparatifs

On m'a appris, pendant ma formation au chamanisme amazonien, qu'une bonne façon pour évaluer les talents d'un chaman est de jauger sa capacité à ouvrir et clôturer une cérémonie. C'est pareil avec beaucoup de choses dans la vie, quand on y pense. Par exemple, votre comportement durant un entretien déterminera votre poste dans l'entreprise, et la façon dont vous quitterez votre travail influencera votre chance d'obtenir ou non une lettre de recommandation de votre ancien employeur. Le début d'une relation amoureuse jouera sur la confiance qu'on accorde à notre partenaire, et la fin de cette relation aura de l'influence sur le temps qu'il nous faudra pour nous en remettre. Si vous faites de la peinture, préparer votre atelier en installant toutes les peintures dont vous aurez besoin devant vous renforcera le processus créatif. Lorsque vous aurez terminé, lavez vos pinceaux et votre palette afin de bien marquer la fin de votre session.

Lorsqu'on a conscience du début et de la fin de nos expériences, tout peut devenir une cérémonie. J'applique cette méthode à toutes mes pratiques spirituelles, et je me suis rendu compte qu'à chaque début de cérémonie, il y a un sentiment de joie et d'excitation concernant ce qui va suivre. Lorsque je termine une cérémonie, je ressens de la gratitude et de la bienveillance, peu importe l'importance de cette cérémonie.

Un rituel de bains peut ainsi avoir de beaux début et fin, élaborés. Vous pouvez déposer des fleurs fraîches et séchées sur la surface de l'eau, allumer des bougies tout autour, vous plonger dans la beauté de l'amour de la Terre en mettant des cristaux autour de vous et dans l'eau. Terminer ce rituel comprendra du ménage, mais c'est aussi un élément important de la cérémonie qui ne doit pas être fait à la hâte.

Vous trouverez ci-après des techniques pour commencer et terminer votre bain rituel, qu'il s'agisse d'un bain élaboré ou d'un bain plus simple. Au fur et à mesure du livre, j'indiquerai les plantes ou cristaux « idéaux » pour un bain mais qu'il peut être compliqué de se procurer.

RITUEL DE BAINS ÉLABORÉ

OUVERTURE

- Choisissez votre bain rituel. Rassemblez les ingrédients nécessaires ; si possible, utilisez de belles plantes de saison, des fleurs bio et du miel brut.
- La nuit précédant le bain, placez les herbes dans une casserole que vous porterez à ébullition avant de l'ôter du feu. Laissez infuser toute la nuit. Vous verserez ensuite cette tisane dans votre bain.
- Avant le bain, nettoyez votre salle de bain et votre baignoire. Disposez des bougies tout autour afin de créer un espace engageant et accueillant.
- Lorsque vous êtes prête, remplissez le bain et placez délicatement les cristaux dans la baignoire afin d'infuser l'eau le plus longtemps possible.
- Ajoutez les autres ingrédients du rituel.
- À partir de là, suivez les instructions du rituel.

CLÔTURE

- Sortez de la baignoire et séchez-vous délicatement.
- Soufflez les bougies avec gratitude afin de libérer votre intention.
- Enlevez les fleurs et les herbes de l'eau. Placez-les dans un bol afin de les offrir plus tard à un arbre.
- Collectez autant d'eau que possible pour faire une offrande à la Terre. (Je vis en ce moment à New York, et, après chaque bain, je nettoie le trottoir devant chez moi pour bénir et protéger mon foyer.)
- Placez les cristaux sur un rebord de fenêtre pour les recharger à la lumière du soleil et de la lune.
- Nettoyez votre baignoire avec amour.

RITUEL DE BAINS SIMPLE

OUVERTURE

- Allumez une bougie dans la salle de bain. Faites couler le bain.
- Versez une pincée d'herbes séchées dans une passoire à thé en cuivre ou dans un sachet en tissu que vous placerez ensuite dans le bain.
- Déposez un cristal dans la baignoire.
- Si la liste d'ingrédients comprend des fleurs, déposez les pétales de l'une de ces fleurs à la surface de l'eau.
- Suivez ensuite les instructions du bain rituel.

CLÔTURE

- Offrez les herbes et les pétales du bain à un arbre près de chez vous lorsque vous en aurez le temps.

NOTE :

Je suis une mère qui travaille, aussi je comprendrais tout à fait que vous n'ayez pas le temps de faire tout cela. Si vous ne pouvez pas ouvrir et clôturer votre bain rituel en suivant les instructions précédentes, vous pouvez vous contenter d'allumer une bougie avant et de l'éteindre à la fin ; cela ouvrira et clôturera symboliquement la cérémonie, et vous aurez un sentiment d'accomplissement plus important durant votre rituel.

Rouge

Le rouge est la couleur à appeler dans votre aura lorsque vous avez du mal à rester concentrée et organisée. C'est une couleur qui vous aidera à garder à l'esprit votre objectif ou les changements qu'il convient d'apporter à votre vie. Lorsque vous avez du mal à terminer quelque chose, à démarrer une nouvelle tâche ou à trouver la maison de vos rêves, le rouge sera là pour vous aider à obtenir ce dont vous avez besoin.

LA LUMIÈRE

Les personnes rouges, c'est-à-dire à l'aura rouge, sont des personnes efficaces. C'est le genre de personne que vous souhaitez à vos côtés pendant un accouchement, un déménagement ou la création d'une nouvelle entreprise. Les personnes à l'aura rouge sont particulièrement efficaces concernant tout ce qui est lié à la naissance, la vie et la famille. Elles sont douées pour aller au cœur des choses et éclaircir la situation. Si elles visitent un endroit une fois, elles y retrouveront leur chemin même dix ans après. Ce sont des gens très liés à leur foyer et à leur famille, et très loyaux. Ils prennent soin de leur corps physique et de leurs biens matériels. Ils ont les pieds sur terre et ne se sentent que rarement perdus.

L'OMBRE

Étant donné que les personnes à l'aura rouge sont des personnes fortes, elles peuvent mettre les autres en position de faiblesse si elles ne font pas attention. Ce sont les plus susceptibles de faire preuve d'intolérance, d'indifférence, d'entêtement et de jugement. Elles peuvent être très obstinées et rigides, et avoir du mal à faire les changements nécessaires dans leur vie ou à accepter des points de vue différents du leur. Les personnes à l'aura rouge persévéreront dans une relation, un travail ou un foyer bien après qu'il est temps de s'en séparer car elles ont peur du changement. Si vous n'avez pas l'habitude de suivre une carte et de respecter un emploi du temps, ne partez pas en voyage avec des personnes à l'aura rouge. N'attendez surtout pas de la spontanéité de leur part. Elles respecteront leur emploi du temps et feront leurs trajets aussi vite que possible. Les personnes à l'aura rouge sont des personnes matérialistes ; elles se préoccupent parfois trop de leurs possessions et se définissent uniquement par leur biais, et sont susceptibles de toujours se comparer aux autres.

Bains rouges

BAIN DE L'ANCRAGE

BAIN DES ANCÊTRES

BAIN POUR SE LIBÉRER DES LIENS

BAIN DU FOYER

BAIN VIGILANCE = PROTECTION

BAIN DE NAISSANCE

BAIN DE LA FORCE

Bain de l'Ancrage

TERRE, NORD, VIERGE, HIVER	TISANE IDÉALE : PASSIFLORE

L'œil est naturellement attiré par le pouvoir du rouge. Les gens sont rarement indifférents à la couleur elle-même ; je pense que c'est dû au fait que, si on lui en laissait l'opportunité, le rouge nous rappellerait et nous ramènerait à la vérité de notre identité et de notre origine. Si vous essayez d'échapper à votre passé et à vous-même, il y a des chances que vous ne supportiez pas le rouge. Malheureusement, nous fuir nous-mêmes et ne pas respecter nos origines nous pousse souvent à nous perdre et à nous éparpiller. Ce bain est conçu pour vous offrir un moment de calme afin que vous puissiez vous reconnecter au foyer enfoui en vous, peu importe où vous vous trouvez.

Ingrédients

1 mug[1] de sel d'Epsom

Une casserole de thé vert ou noir

Une casserole d'infusion de passiflore

21 pommes de terre roseval en tranches

1 pomme de terre vitelotte en tranches

2 mugs de pétales de rose frais ou séchés

10 gouttes d'huile essentielle de lavande et 3 gouttes d'huile essentielle de vétiver

Un cristal de quartz fumé

Si vous avez envie d'un masque clarifiant et éclairant pendant que vous profitez de votre bain, réduisez la partie blanche d'une des pommes de terre rouges en purée, mélangez avec de l'eau, appliquez le mélange sur votre visage et laissez en place trente minutes.

1. NdÉ : nous avons choisi de traduire « cup » qui correspond à environ 240 ml par « mug ».

Rituel

1. Placez tous les ingrédients dans le bain, chauffé à votre convenance.
2. Allumez quelques bougies et éteignez toute source de lumière artificielle.
3. Éteignez toute musique ou bruit d'ambiance et laissez le calme vous envahir.
4. Fabriquez un bâton de fumigation avec un bâton de cannelle, placez-le dans une coupelle résistante au feu et allumez-le. Envoyez la fumée vers votre corps à l'aide d'une plume que vous avez ramassée.
5. Brandissez le bâton de cannelle au-dessus du bain et demandez à l'eau de vous aider à intégrer ce moment. Demandez-lui de vous aider à retrouver un foyer en vous.
6. Entrez dans le bain et plongez la tête sous l'eau.
7. Appliquez le masque de pomme de terre.
8. Placez le quartz fumé sur votre cœur.
9. Concentrez-vous sur tout ce que vous ressentez : l'eau sur votre peau, l'odeur des huiles essentielles, la beauté des pétales de rose et des tranches de pommes de terre qui flottent à la surface de l'eau. À chaque fois que vous commencez à vous dire « Je dois » ou « Il faudrait », ramenez votre conscience à ce que vous ressentez. Vous finirez au bout d'un moment par vous sentir totalement ancrée dans l'instant présent, à profiter de la magie que vous avez créée.

Bain des Ancêtres

TERRE, NORD, CAPRICORNE, HIVER	TISANE IDÉALE : PIN BLANC ET BOIS DE ROSE

Un jour, lors d'une cérémonie de Lecture holistique, j'ai demandé aux femmes présentes d'occuper l'espace et d'appeler l'un de leurs guides spirituels. La femme assise à ma droite a dit son nom avant d'appeler l'esprit de sa grand-mère paternelle. Pendant la cérémonie, j'ai vu cette très belle femme auréolée d'un bleu vif aux mains lumineuses. Je n'ai presque pas eu de soin énergétique à faire sur cette femme car l'esprit de sa grand-mère l'a guérie. Après la cérémonie, j'ai laissé la parole aux patientes qui désiraient partager leur expérience ou poser des questions. Cette femme a alors expliqué qu'elle avait d'importantes douleurs dans le bas du dos et au niveau du pelvis depuis quelque temps mais que, pendant la cérémonie, elle avait eu comme l'impression que la douleur avait été remplacée par une vive lumière dorée. Je trouve cela très intéressant, car le bas du dos est l'endroit où l'on porte nos histoires ancestrales.

Même si nous ne sommes pas en lien avec nos ancêtres ou que nous ne les connaissons pas, ceux-ci se trouvent toujours près de nous. Ils se trouvent dans les grands arbres, dans l'eau qui toujours nous reçoit, dans les cristaux et minéraux de sagesse, même en notre grand-mère la Terre. Tous ces éléments étaient présents bien avant notre arrivée, et ils seront toujours là après notre disparition. Lorsque nous recherchons la sagesse ou que nous essayons de nous rappeler, nous pouvons nous tourner vers l'énergie perpétuellement disponible de la nature. Ce bain nous aide particulièrement à nous connecter à la source de nos ancêtres, à nos connaissances internes, notre instinct et notre sagesse.

Ingrédients

1 mug de sel rose de l'Himalaya

Infusion : 1 mug d'aiguilles de pin blanc, ½ mug de romarin (frais ou séché), ½ mug d'armoise et ¾ de mug de baies de sureau, à infuser dans 2 litres d'eau frémissante et à laisser infuser 24 heures

3 mugs de pétales de rose rouges frais ou séchés

3 gouttes d'huile essentielle de bois de rose, 5 gouttes d'huile essentielle de cèdre et 8 gouttes d'huile essentielle de romarin mélangées à 1 mug de miel brut local

Un cristal de roche

Des cristaux ou pierres que vous avez trouvés dans la nature

Rituel

1. Placez tous les ingrédients dans l'eau du bain, chauffée à votre convenance.
2. Allumez une bougie avec l'intention de recevoir la sagesse de vos ancêtres.
3. Fabriquez un bâton de fumigation avec des feuilles séchées de cèdre, des clous de girofle et des morceaux de bâton de cannelle, placez-le dans une coupelle résistante au feu puis allumez-le. Envoyez la fumée vers votre corps à l'aide d'une plume que vous avez ramassée.
4. Entrez dans le bain et plongez la tête sous l'eau.
5. Installez-vous dans une position de repos, puis commencez à prendre de profondes inspirations : inspirez en comptant jusqu'à quatre, puis expirez en comptant jusqu'à six.
6. Placez vos mains à la surface du bain et connectez-vous à l'énergie de l'eau afin de recevoir sa sagesse.
7. Prenez les cristaux ou les pierres et placez-les sur vos pieds, votre cœur, votre ventre et votre front. Connectez-vous à l'énergie des minéraux afin de recevoir leur sagesse.
8. Inspirez l'odeur des plantes de votre bain et ressentez leur énergie afin de recevoir leur sagesse.
9. Détendez-vous et imprégnez-vous du soin que vous avez créé.

Bain pour se libérer des liens

FEU, SUD, SAGITTAIRE, AUTOMNE	TISANE IDÉALE : LATTE AU SHATAVARI ET À LA CANNELLE

À cause de l'énergie de l'ombre du rouge, nous sommes parfois des freins pour nous-mêmes, en refusant de nous séparer de choses dont nous n'avons plus besoin. Nous gardons d'anciens traumatismes, habitudes, manies, objets matériels, foyers, loisirs ou relations simplement car nous avons peur du changement. Je ne pense pas que nous nous séparions complètement de quoi que ce soit, mais je suis persuadée que nous pouvons, au lieu de ressasser encore et encore les mêmes expériences, les débarrasser de leur simple étiquette « bonne » ou « mauvaise ». À partir de là, nous pouvons distiller la sagesse que ces expériences nous apportent, et la transformer en un soin spirituel dont nous avons besoin pour nous libérer de nos habitudes. Une fois cette leçon acquise, nous pouvons enfin avancer. Prenez ce bain lorsque vous sentez qu'il est temps que vous vous libériez de quelque chose, mais que vous avez du mal à trouver la sagesse nécessaire pour avancer.

Ingrédients

Une pincée de shatavari

Une pincée de romarin

Une pincée de thym

Une pincée de thé vert

Une pincée de graines de cardamome

3 pommes rouges en tranches

3 tasses de jus de pomme

5 bâtons de cannelle

2 mugs de pétales de rose rouges et blancs

Des cristaux de quartz fumé, d'améthyste et de citrine

3 gouttes d'huile essentielle de cardamome et 10 gouttes d'absolu de rose

Rituel

1. Placez tous les ingrédients dans le bain, chauffé à votre convenance.
2. Allumez une bougie.
3. Fabriquez un bâton de fumigation de sauge blanche, placez-le dans une coupelle résistante au feu et allumez-le. Envoyez la fumée vers votre corps à l'aide d'une plume que vous avez ramassée.
4. Entrez dans le bain et plongez la tête sous l'eau.
5. Placez les cristaux à vos pieds.
6. Concentrez-vous sur votre respiration. Inspirez par le nez en comptant jusqu'à quatre, puis expirez par le nez en comptant jusqu'à huit.
7. À chaque expiration, laissez sortir de votre corps, de votre esprit et de votre âme ce qui doit partir.
8. Demandez à l'eau de votre bain de vous aider à accepter les changements qui arrivent et à vous libérer de vos attaches.
9. Profitez du soin que vous avez créé.

Bain du Foyer

EAU, OUEST, TAUREAU, AUTOMNE	THÉ IDÉAL : CHAI AU TULSI (AUSSI APPELÉ BASILIC SACRÉ)

Le rouge est une couleur très puissante, à appeler dans votre aura lorsque vous cherchez la demeure idéale ou que vous vous demandez où déménager. Il faut faire attention à ne pas être trop spécifique en ce qui concerne les manifestations ; je pense qu'il vaut mieux garder notre cœur et notre esprit ouverts à l'idée que l'univers a peut-être une fantastique surprise pour nous, si nous sommes prêtes à l'accepter.

Pour certaines personnes, il est difficile de poser ses valises quelque part et de trouver un foyer. Le voyage, les déplacements sont devenus une constante, et cela devient une partie de leur identité. Et puis un jour, quelque chose change. Peut-être est-ce un emploi qui requiert la présence à un endroit fixe, ou des enfants qui doivent aller à l'école. Il est possible de trouver un foyer avec une énergie qui circule, afin de ne pas se sentir enfermé dans cette vie plus sédentaire. Certaines personnes (dont ma propre famille) ont du mal à savoir où s'installer. Avoir l'impression que vous pouvez être heureuse partout et nulle part à la fois est un problème très intéressant. En attendant de savoir où vous devriez aller, la chose la plus efficace est aussi la plus simple : restez où vous êtes. Ce bain vous aidera à vous ouvrir à l'idée de trouver le meilleur foyer possible pour vous. Qui sait ? Peut-être qu'il s'agit de celui où vous habitez déjà.

Ingrédients

3 mugs de sel rose de l'Himalaya

Une casserole de thé chai

4 mugs de jus de cranberry

3 mugs de lait d'avoine

1 cuillère à soupe de miel

Des pétales de rose rouges

10 gouttes d'absolu de rose et 10 gouttes d'huile essentielle de vétiver

Tous vos cristaux non solubles

Rituel

1. Placez tous les ingrédients dans le bain, chauffé à la température de votre choix.
2. Prenez le temps de préparer une liste de chansons qui vous font vous sentir chez vous. Dans l'idéal, ce sont des chansons que vous pourrez chanter pendant le bain, ainsi que des chansons réconfortantes. Une fois la liste préparée, lancez-la.
3. Allumez des bougies et éteignez les lumières artificielles.
4. Fabriquez un bâton de fumigation avec un bâton de cannelle, placez-le dans une coupelle résistante au feu et allumez-le. Envoyez la fumée vers votre corps à l'aide d'une plume que vous avez ramassée.
5. Entrez dans le bain et plongez la tête sous l'eau.
6. Placez les cristaux sur votre corps, partout où c'est possible ; je vous conseille surtout le front et les mains.
7. Fermez les yeux et demandez à l'eau de vous guider. Demandez-lui de vous envoyer un signe, pendant que vous êtes dans votre bain ou après, pour vous aider à voir clairement comment vous pouvez vous fabriquer une vie saine et heureuse.

Bain vigilance = Protection

FEU, SUD, LION, ÉTÉ	TISANE IDÉALE : CYNORHODON, HIBISCUS ET FRUIT DE LA PASSION

Vigilance = protection.

Le rouge est une couleur qui mobilise immédiatement notre attention. C'est la couleur à appeler lorsque vous savez que vous devez vous concentrer et faire attention.

Lorsque l'on cherche la protection, c'est en vérité la présence et le pouvoir de l'amour que nous appelons. Les accidents ont lieu lorsque nous manquons d'attention, quand nous sommes distraits. Plus nous sommes distraits, moins nous sommes protégés. C'est un principe qui s'applique autant dans la vie quotidienne que pour le champ de l'aura. Lorsqu'une personne est distraite, son aura me paraît toujours poreuse. Au contraire, l'aura de quelqu'un de concentré et conscient de lui-même apparaîtra hermétique et bien protégée.

La douleur est l'une des choses qui mobilise immédiatement l'attention. C'est un signal envoyé par l'univers lorsque nous sommes distraits et qu'il nous faut nous concentrer dans l'instant. Si vous vous cognez souvent la tête ou un doigt de pied, cela veut dire qu'il est temps pour vous de faire attention à votre environnement.

Vigilance = protection.

Le pouvoir de l'amour est la forme de protection la plus puissante.

Pensez à la rose, ouverte, réceptive, symbole de l'amour : elle est pourtant couverte d'épines de conscience. Il vous faut être méticuleuse pour la cueillir, car vous risquez de vous piquer si vous ne faites pas attention. Lorsque vous ressentez le besoin de protection, concentrez votre esprit sur ce que vous aimez le plus au monde. Cela resserrera votre aura et vous maintiendra consciente, et donc protégée.

Ingrédients

Une casserole de tisane au cynorhodon, à l'hibiscus et au fruit de la passion

1 litre de jus de cranberry

3 oranges sanguines en tranches

Des pétales de rose rouges

10 gouttes d'huile essentielle d'orange douce et 10 gouttes d'absolu de rose

Des cristaux d'obsidienne, de cornaline et de citrine

Rituel

1. Placez tous les ingrédients dans le bain, chauffé à votre convenance.
2. Allumez des bougies.
3. Fabriquez un bâton de fumigation de cannelle et de palo santo, placez-le dans une coupelle résistante au feu et allumez-le. Envoyez la fumée vers votre corps à l'aide d'une plume que vous avez ramassée dans la nature.
4. Entrez dans le bain et plongez la tête sous l'eau.
5. Placez la cornaline et l'obsidienne à vos pieds.
6. Placez la citrine sur votre front.
7. Concentrez votre esprit sur la chose ou la personne que vous aimez le plus au monde. Essayez de ne pas laisser votre ego vous distraire de cette difficile tâche pendant dix minutes.
8. Ouvrez les yeux et concentrez-vous sur les teintes rouges du bain. Imaginez l'eau vous offrir un bouclier translucide de lumière rouge autour de votre aura, vous enfermant ainsi au sein de la protection de la conscience émanant du pouvoir de l'amour.
9. Détendez-vous et imprégnez-vous de cette puissante énergie que vous avez créée.

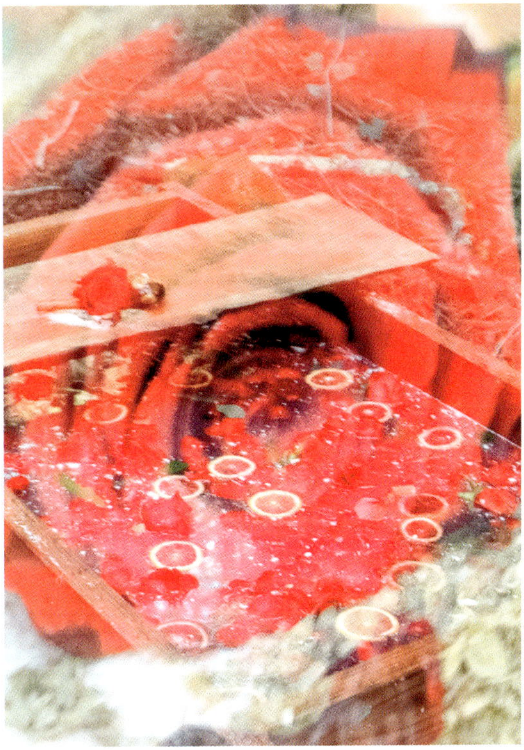

Bain de Naissance

AIR, EST, GÉMEAUX, PRINTEMPS	TISANE IDÉALE : FRAMBOISE ET ORTIE

Le rouge est la couleur de la vie. C'est la couleur de la famille, de la source de toute vie, de la naissance. Donner naissance est l'une des plus importantes cérémonies à laquelle nous pouvons assister, c'est pourquoi cela demande une attention et des préparations toutes particulières. Ce bain est parfait pour ce puissant rite de passage. Vous pouvez l'utiliser comme un bain ordinaire ou seulement comme bain de pied. Si vous avez l'honneur d'organiser un *blessingway* (une fête pour la future mère), préparez-lui ce bain de pied.

Ingrédients

1 mug de sel de mer rose de l'Himalaya

Une casserole de tisane de framboise

1 mug de jus de framboise

1 mug de pétales de rose rouges

1 mug de pétales de rose roses

10 gouttes d'absolu de rose et 10 gouttes d'huile essentielle de lavande

Un cristal de quartz rose

Rituel

1. Placez tous les ingrédients dans l'eau du bain, chauffée à votre convenance.
2. Allumez des bougies.
3. Fabriquez un bâton de fumigation de palo santo, placez-le dans un récipient résistant au feu et allumez-le. Envoyez la fumée vers votre corps grâce à une plume que vous avez ramassée.
4. Mettez les pieds dans l'eau ou entrez dans le bain.
5. Chantez une chanson qui vous inspire la confiance, la puissance. Chantez une chanson qui vous inspire la force. Si rien ne vous vient à l'esprit, ouvrez simplement la bouche, relâchez les muscles de votre mâchoire et laissez sortir les sons de votre ventre, en passant par votre cœur, votre gorge et votre bouche.
6. Imprégnez-vous de ce soin que vous avez créé.

Bain de la Force

TERRE, NORD, TAUREAU, HIVER	TISANE IDÉALE : ROSE, CANNELLE ET ORTIE

Tout ce qui est rouge renvoie à la force : se libérer de ses liens, donner naissance à un enfant, être conscient, concentré, trouver un foyer et apprendre la sagesse de nos ancêtres. Chacun de ces événements demande de la force pour être initié, et offre en retour de la force une fois accompli. Parfois, il faut simplement avoir la force de mettre notre volonté personnelle (notre ego) de côté pour laisser place à la volonté divine (notre amour). Ce bain très simple aide à trouver force et endurance.

Ingrédients

3 mugs de sel d'Epsom

1 bouquet de romarin frais

2 mugs de pétales de rose rouges

10 gouttes d'absolu de rose et 10 gouttes d'huile essentielle de romarin

Un rubis

Rituel

1. Placez tous les ingrédients dans le bain, chauffé à votre convenance.
2. Allumez des bougies.
3. Fabriquez un bâton de fumigation de sauge blanche, placez-le dans une coupelle résistante au feu et allumez-le. Envoyez la fumée vers votre corps à l'aide d'une plume que vous avez ramassée.
4. Entrez dans le bain et plongez la tête sous l'eau.
5. Placez le rubis sur votre cœur en symbole de la force de votre amour.
6. Demandez à l'eau de vous donner de la force.
7. Profitez et imprégnez-vous du soin que vous avez créé.

Orange

L'orange est la couleur du mouvement et de l'élan, la couleur de la joie. Lorsque nous appelons cette couleur dans notre aura, nous cherchons une relation saine avec l'argent, la nourriture, notre partenaire, nos amis et notre famille. Nous voulons une bouffée d'air frais pour notre esprit créatif.

LA LUMIÈRE

Nous sommes facilement attirés par les personnes orange, et c'est toujours un plaisir d'être auprès d'elles. Elles sont séduisantes, sans nécessairement correspondre aux canons de beauté ; il y a juste quelque chose de sexy chez elles. Elles sont toujours amicales et souvent entourées de beaucoup d'amis, et ont beaucoup d'énergie, surtout pour les choses qui les intéressent. Elles rencontrent souvent le succès dans les carrières créatives. L'orange est la couleur de l'imagination et de la création, à appeler pour nos esprits à naître. Les personnes à l'aura orange attirent à elles à peu près tout ce qu'elles veulent, et ont le plus souvent une vie facile et gracieuse.

L'OMBRE

Le mot-clé ici est « contrôle ». Lorsqu'elles perdent l'équilibre, les personnes à l'aura orange vont prendre le contrôle sur tout ce qui touche aux relations. Dans le pire des cas, cela peut même les mener à des troubles alimentaires et à dominer totalement leur partenaire. Alors qu'elles sont la plupart du temps à l'aise avec le changement, elles pourront vous pousser à changer pour vous conformer à leur propre idéal à cause de l'ombre orange. Les personnes à l'aura orange vont parfois devenir excessivement économes, comme si l'argent qu'elles ont maintenant est tout l'argent qu'elles auront jamais. Ce sont les gens qui déclarent avoir oublié leur portefeuille lors d'un dîner entre amis. Même s'ils dissimulent leur obsession pour le contrôle derrière un masque d'insouciance, ils s'accrochent désespérément à chaque centime, s'inquiètent de leurs relations, de leur régime, et bloquent leur propre créativité.

Bains orange

BAIN DE LA CRÉATIVITÉ

BAIN DE GUÉRISON SEXUELLE

BAIN DES RELATIONS

BAIN DE RICHESSE

BAIN DU BONHEUR ET DES CÉLÉBRATIONS

BAIN DE LA FERTILITÉ

Bain de la Créativité

EAU, EST, CAPRICORNE, GÉMEAUX, CANCER, ÉTÉ

THÉ IDÉAL : THÉ CHAI AU BASILIC

Je pense que nous sommes tous nés avec un esprit créatif ; c'est le conditionnement et la catégorisation systématique qui nous enlèvent notre créativité. Tant d'enfants sont doués pour le théâtre, les arts, l'écriture ou la peinture, mais on leur dit ensuite que jamais ils ne pourront gagner leur vie grâce à cela ; ils étudient alors quelque chose de plus « raisonnable ». En grandissant, ils découvrent que leur côté artistique ne se contente pas du peu qu'on leur a offert. S'ils sont assez courageux, ils redécouvrent leur véritable identité, reprennent des cours de ce qu'ils aiment ou s'arment de leurs pinceaux. Je me demande souvent à quel point les choses seraient différentes si, dans un monde qui les soutient, on encourageait les jeunes esprits créatifs à s'exprimer.

L'orange est une couleur fantastique avec laquelle travailler lorsque vous avez besoin d'attiser votre feu créatif. Parfois, on sent une idée germer, mais, pour une raison ou une autre, on ne parvient pas à la réaliser. C'est le plus souvent notre ego manipulateur qui bloque l'énergie créative. Peut-être sommes-nous trop attachés au désir de voir les choses se dérouler d'une certaine manière ; peut-être voyons-nous le « quoi », mais avons-nous une vision trop spécifique du « comment » ; peut-être que nous avançons sur un chemin parallèle à notre processus créatif, et non sur ce dernier.

Durant ces vingt dernières années passées à offrir des Lectures holistiques, j'ai remarqué que bloquer l'énergie créative était une source de dépression. Notre corps, notre esprit et notre âme ont besoin de s'exprimer différemment, mais nous ressentons le besoin inexplicable de nous museler et de nous mettre la pression. Vous pensez être « coincée », car c'est exactement le sentiment que crée l'énergie créative ainsi bloquée. Afin de vous guérir, vous n'avez pas besoin de vous concentrer sur le chef-d'œuvre que vous prévoyez de créer, mais plutôt sur des petits changements dans votre vie. Essayez d'incorporer des modifications dans votre routine pour briser la monotonie, même s'il s'agit de quelque chose d'aussi simple que de changer de route pour aller au travail. Chaque petit changement vous permettra de libérer votre énergie créative, ce qui vous inspirera pour en libérer davantage. Ce bain pourra aussi vous aider.

Ingrédients

1 mug de sel d'Epsom

3 oranges en tranches

Les feuilles d'un bouquet de basilic frais

3 bâtons de cannelle

Une casserole de thé chai

250 ml de lait de coco

10 gouttes d'huile essentielle de vanille et 10 gouttes d'huile essentielle d'orange douce

Des cristaux de citrine, de pierre de lune et de cornaline

Idéalement : un plant de vanille et un saphir

Rituel

1. Placez tous les ingrédients dans le bain chauffé à votre convenance.
2. Allumez une bougie.
3. Purifiez votre aura avec une baguette de sélénite.
4. Entrez dans le bain et plongez la tête sous l'eau.
5. Placez le saphir ou la pierre de lune sur votre troisième œil.
6. Placez la citrine sur votre ventre.
7. Prenez dix profondes inspirations en inhalant bien les parfums du bain.
8. Relâchez les muscles de votre mâchoire.
9. Ressentez l'énergie pure dans votre cœur.
10. Laissez l'énergie remonter dans votre gorge et sortir à travers votre bouche pour libérer le son de votre cœur.
11. Baignez dans ce son et dans l'eau.
12. Demandez à tous les ingrédients du bain et à la lumière que vous portez en vous de vous envoyer l'inspiration créative.
13. Imprégnez-vous du soin que vous avez créé.

Bain de Guérison Sexuelle

FEU, EST, SCORPION, AUTOMNE	TISANE IDÉALE : ORTIE, ROSE ET PALO SANTO

Nous portons parfois des blessures, de la honte et des traumatismes liés à la sexualité et hérités de nos ancêtres, de nos vies antérieures et, bien sûr, des expériences et du conditionnement de notre vie actuelle. Dans les médias populaires, nous avons aussi affaire à la répugnante hypersexualisation dont les femmes sont victimes et qui mène à leur objectification. Nous devons comprendre que cette objectification, quelle qu'elle soit, est extrêmement nuisible. Les femmes, en particulier, en souffrent depuis bien trop longtemps, et pas seulement de la part des hommes. Elles se traitent comme des objets les unes les autres. Et comme pour beaucoup de sujets aujourd'hui mis en lumière, la seule façon de régler ce problème est de l'affronter, en partageant nos histoires et la sagesse qu'elles nous ont apportée. Votre passé sexuel n'a pas à être une source de honte ou de douleur pour vous. Vous pouvez guérir, et vous guérirez, de tout. Même des traumatismes sexuels. Je vous donnerai la force et le courage nécessaires.

L'objectification nuit et, d'après mon expérience, elle mène toujours à une peur d'être vue, ce qui pousse une grande partie d'entre nous à un sentiment d'isolement – ou alors nous commençons à nous traiter nous-mêmes comme des objets et à utiliser la sexualité pour obtenir ce que nous désirons.

Parvenir à une sexualité équilibrée est un processus difficile, surtout à cause de la représentation qu'en fait la société et à cause des histoires de nos ancêtres que nous portons en nous. Les dogmes spirituels qui prônent l'abstinence pour obtenir l'éveil spirituel existent, mais la répression sexuelle peut déformer notre vision de la sexualité. On trouve aussi l'extrême inverse, le dogme spirituel qui prône que le polyamour et les orgies sont la seule façon d'accéder à l'éveil spirituel. Au sortir de ces expériences, les gens sont le plus souvent fatigués, dévastés et malades, car ils ont confondu leur sexualité avec leur puissance. Votre énergie sexuelle est votre énergie créative. Lorsque vous vous exploitez vous-même sexuellement, que vous utilisez le sexe comme une arme ou un outil pour atteindre l'éveil spirituel, ou que vous avez des relations avec de trop nombreuses personnes, jetez un œil à votre force créatrice. Examinez le travail que vous avez réellement accompli, ou combien d'argent vous avez gagné ; il est probable que les énergies nécessaires soient drainées au même titre que votre énergie sexuelle est surexploitée.

Il ne faut pas non plus tomber dans le piège d'une vie sans relations sexuelles, ou même sans relations amoureuses, parce que c'est ce que la société vous fait considérer comme normal. Le sexe est extrêmement important dans le cadre d'une relation, et même si je ne pense pas qu'il soit nécessaire d'avoir des relations en permanence, je suis persuadée qu'il est primordial de faire l'expérience d'une connexion sexuelle avec notre partenaire. Si vous êtes encore en bonne santé mais que vous êtes dans une relation qui a délaissé les relations sexuelles, posez-vous cette question : persévérez-vous dans cette relation par amour ou par nécessité ?

Je vous conseille de suivre le chemin de la sexualité qui se rapproche le plus du sentiment de l'amour pour vous. Je ne peux pas vous dire de quoi il s'agit : vous êtes la seule personne capable de le définir pour vous-même. Si vous laissez votre amour-propre diriger, vous parviendrez probablement à trouver l'équilibre dans votre esprit, votre corps, votre âme, votre cœur et votre vie sexuelle.

Des expériences sexuelles saines peuvent vous aider à vous ouvrir, à vous donner des visions, et à mieux vous connaître. Je pense qu'il est important de connaître tous les extrêmes qui existent, mais aussi que vous devez choisir le chemin qui vous convient. Commencez une nouvelle histoire de votre sexualité, une histoire qui ne méprise pas mais qui embrasse la sagesse que vous avez acquise dans la douleur passée, une nouvelle version de vous-même qui a aujourd'hui la force et le courage d'être heureuse sexuellement. Ce bain est conçu pour nous aider à atteindre notre vraie sexualité.

Ingrédients

1 mug de sel d'Epsom

Une casserole de tisane d'ortie

Une poignée de pétales de rose jaunes

Une pincée d'armoise

10 gouttes d'huile essentielle de romarin, 5 gouttes d'huile essentielle de vétiver et 3 gouttes d'huile essentielle de patchouli

Une labradorite

Rituel

1. Placez tous les ingrédients dans le bain, chauffé à votre convenance.
2. Allumez une bougie et éteignez toutes les lumières artificielles de votre salle de bain.
3. Fabriquez un bâton de fumigation avec du palo santo, placez-le dans une coupelle résistante au feu et allumez-le. Envoyez la fumée vers votre corps en utilisant une plume que vous avez ramassée.
4. Entrez dans le bain et plongez la tête sous l'eau.
5. Prenez plusieurs profondes inspirations pour vous purifier. Fixez la flamme de la bougie pendant dix minutes ; essayez de ne pas cligner des yeux et laissez les larmes couler et tomber dans le bain.
6. Imaginez-vous à l'apogée de votre sexualité : avec qui êtes-vous ? où êtes-vous ? que faites-vous ?
7. Détendez-vous et imprégnez-vous de l'énergie purifiante que vous avez créée.

Bain des Relations

TERRE, OUEST, LION, SCORPION, TAUREAU, ÉTÉ	TISANE IDÉALE : ROSE ET SAFRAN

Il est difficile de développer des relations saines et équilibrées sans avoir eu la chance d'en observer durant l'enfance. Durant les Lectures holistiques, les relations sont l'un des sujets les plus abordés avec les patients. Je vais commencer par parler des plus importantes, c'est-à-dire nos relations amoureuses. Nous vivons dans une société où il est impossible d'être satisfait de ce que nous avons. Nous passons notre temps à nous demander « Et après ? » au lieu de « Et maintenant ? ».

C'est parfois la même chose avec les relations romantiques. Je pense que si vous souffrez dans votre couple, il vous faut décider de ce qui est le mieux pour vous : continuer la relation ou la laisser tomber. La plupart du temps, je trouve qu'il est important d'essayer de régler les problèmes.

Pourquoi ?

Homme ou femme, je pense que nous sommes le plus souvent attirés par des personnes dont l'énergie est similaire à celle de notre mère. Le lien que nous entretenons avec notre mère (en cas d'adoption, j'entends autant la mère biologique que la mère adoptive) est le plus important de notre vie. Nous choisissons souvent notre mère, et notre esprit flotte autour d'elle en attendant que l'heure soit venue pour nous de naître. Si nous traversons toute notre enfance et notre adolescence loin de l'énergie sombre de la relation avec notre mère, nous chercherons plus tard des partenaires qui nous offrirons à leur tour une chance d'apprendre et de grandir. C'est pourquoi, parfois, nous sommes attirés par des personnes dont les paroles ou les actes nous font souffrir. Ce ne sont pas eux qui nous font souffrir. Nous choisissons la souffrance car elle est nécessaire pour grandir. Il faut décider d'en finir avec la douleur, décider d'être prêt à grandir, mais cela n'implique pas nécessairement d'en finir avec cette relation.

Il y a deux choses que je recommande pour entretenir des relations saines et équilibrées, qu'il s'agisse de relations amoureuses, familiales ou platoniques : la confrontation et la connexion de conscience. Souffrir et ne pas oser s'exprimer lorsque quelqu'un nous rend triste nous empêchent de nous développer au travers de nos relations. La plupart des gens ont peur de la confrontation, mais je pense que c'est une erreur. Je pense qu'il est possible d'atteindre la spiritualité et de penser que nous avons « lâché prise » alors que l'énergie s'accumule en réalité quelque part en nous, et trouvera plus tard un moyen de sortir par notre peau, notre ventre ou des sautes d'humeur inutiles. Il s'écoule parfois de nombreuses années avant que cette confrontation n'ait enfin lieu à cause de cette souffrance maintenant cuirassée.

Quand vous souffrez, au lieu de tout refouler, je vous conseille de vous libérer de cette peur d'être mal à l'aise et d'en parler. Il nous faut parfois nous confronter consciemment nous-mêmes et examiner les choix que nous avons faits et qui nous font aujourd'hui souffrir. Parfois, c'est un ami ou un membre de la famille qu'il faut affronter, et parfois c'est notre partenaire. Il faut leur dire, immédiatement ou après avoir pris le temps de calmer notre colère et notre douleur, que quelque chose ne va pas. Il n'est pas nécessaire de crier ; je suis persuadée que nous devons toujours, peu importe la souffrance que nous ressentons, nous mettre à la place de l'autre pour essayer de comprendre ses intentions. C'est un moment où vous pourrez apprécier votre empathie, et où votre sensibilité deviendra votre force. Inspirez un grand coup, soyez courageuse, et passez à la confrontation.

La connexion consciente peut être aussi difficile ou effrayante que la confrontation. Dans toutes nos relations, que ce soit avec nous-mêmes, notre foyer, nos parents, nos enfants, nos amis ou nos partenaires, il peut être tentant de juste continuer comme avant. Il est plus facile de nous plier au modèle que nous avons fabriqué nous-mêmes et d'apparaître comme la personne que les autres attendent plutôt que d'être nous-mêmes. La connexion et la reconnexion nous permettent d'avoir le courage de montrer notre vraie nature aux autres et d'accepter l'idée que nous sommes des êtres humains en constante évolution.

Demandez à vos proches de faire quelque chose avec vous, quelque chose qui permettra une vraie connexion, comme une promenade, une discussion, ou davantage de contact visuel. Peut-être découvrirez-vous en faisant ce premier pas vers une connexion consciente que votre partenaire en avait aussi désespérément besoin.

Les humains ont besoin de liens sociaux pour vivre. Les relations demandent beaucoup de travail, mais elles nous permettent aussi de grandir, et grandir est probablement la seule chose que nous ayons vraiment à faire dans notre vie. Notre but est de faciliter la vie des prochaines générations. Ce bain ne vous permettra pas de réparer toutes vos relations en vingt minutes, mais il vous offrira un moment pour vous connecter à l'inspiration créative qui se trouve en vous et qui vous aidera à grandir aux côtés de vos proches, grâce à la confrontation et à la connexion.

Ingrédients

1 mug de sel d'Epsom

1 mug d'eau de mer

1 mug d'eau récoltée un soir de pleine lune

1 cuillère à soupe de vinaigre de cidre

Une casserole de tisane de safran

Des aiguilles fraîches de pin blanc

Une poignée de pétales de rose roses

10 gouttes d'absolu de rose et 5 gouttes d'huile essentielle de patchouli

Un cristal de quartz rose

Rituel

1. Placez tous les ingrédients dans l'eau du bain, chauffée à votre convenance.
2. Allumez une bougie.
3. Fabriquez un bâton de fumigation de palo santo, placez-le dans une coupelle résistante au feu et allumez-le. Envoyez la fumée vers votre corps avec une plume que vous avez ramassée.
4. Entrez dans le bain et plongez la tête sous l'eau.
5. Placez le quartz rose sur votre ventre.
6. Cherchez dans votre corps une zone tendue par une relation ; faites particulièrement attention aux articulations.
7. Si vous trouvez une zone tendue, d'où vient-elle ? Que pouvez-vous faire afin de la guérir ?
8. Prenez tout votre temps dans ce bain.
9. Détendez-vous et imprégnez-vous de ce soin que vous avez créé.

Bain de Richesse

TERRE, NORD, VERSEAU, ÉTÉ

TISANE IDÉALE : TULSI

Pour la nouvelle année, mon mari et moi avons pris la bonne résolution de nous concentrer cette année sur la joie que nous procure tout ce que nous possédons. Nous avons réalisé que, pour pouvoir changer d'appartement et un jour acheter une maison, nous devions d'abord nous débarrasser de nos dettes, ouvrir un compte d'épargne et commencer à économiser. Et surtout, nous devons être capables d'apprécier et de chérir ce que nous avons déjà.

Pour être honnête, je ne savais pas comment être à l'aise avec l'argent. Je n'ai jamais voulu affronter cette gêne, qui vient du fait que je n'ai jamais été riche, avant de me mettre à faire plus attention à mes finances. J'ai toujours travaillé très dur (par exemple, la majorité de ce livre a été écrite à 4 heures du matin avant que je n'entame une journée complète de maman et de Lectures holistiques). J'ai connu un succès que beaucoup qualifieraient d'incroyable dans mon domaine, pourtant je n'ai jamais pris le temps de célébrer cette réussite : j'avais l'impression que si je la fêtais, cela ne ferait que la concrétiser, et qu'il y aurait un retour de bâton. Alors j'ai continué à travailler dur et à me concentrer sur ce qui venait après. Je savais qu'il me faudrait faire un gros travail de réflexion si je voulais vraiment me guérir financièrement.

Après avoir pris cette bonne résolution, j'ai commencé à lire tous les livres que je pouvais trouver sur les finances. J'ai appris beaucoup de choses. J'ai aussi accepté l'idée que j'avais besoin d'un peu d'aide, puisque je n'avais jamais pris une seconde pour me pencher sur mon bien-être financier ; j'ai donc engagé un comptable. À partir de ce moment, j'ai commencé à comprendre quand je devais investir pour développer mon activité et quand il était préférable d'attendre.

L'argent n'est rien de plus qu'une énergie. Je comprends l'énergie, donc je suis capable de comprendre l'argent. En arrêtant de voir l'argent comme une puissance incontrôlable, j'ai réussi à en faire un allié et à l'utiliser comme une énergie comme les autres dans notre univers infini.

Quelque chose d'intéressant s'est alors produit. Tout ce que je désirais mais que je ne voulais pas acheter moi-même m'a été envoyé : des vêtements, des bijoux, des chaussures, des produits de beauté et même un voyage au Mexique en famille, et tout cela grâce à mon entreprise. C'est comme si, parce que j'étais déjà heureuse de ce que j'avais, j'attirais à moi plus d'abondance, en particulier financière. J'ai commencé à avoir davantage confiance en ce qui concerne mon argent, ou peut-être même confiance en général. Oui, je vois bien que je suis un être humain qui a encore beaucoup de choses à apprendre, mais je vais choisir de m'aimer dans cet apprentissage.

Pour être tout à fait honnête, nous n'avons pas vraiment respecté à la lettre notre bonne résolution. Quand toutes nos dettes ont été remboursées, nous avons décidé de fêter ça en louant une voiture (j'ai appris grâce à mes lectures qu'il s'agissait d'une perte sèche puisque je dirige ma propre entreprise). J'ai acheté les bottes que je lorgnais depuis longtemps. Mais nous avons quand même limité le reste de nos dépenses aux courses, aux besoins de notre fille et aux cadeaux d'anniversaire.

J'ai passé l'année à créer et à investir dans mon kit de bain rituel, un développement nécessaire à mon activité mais très coûteux et, grâce à ma nouvelle relation avec l'argent, j'ai pu exploiter le bonheur que je ressentais en me contentant de ce que j'avais. J'ai pris le temps de m'arrêter, de contempler et de célébrer ma réussite. Grâce à ce point de vue positif, j'étais confiante, motivée et compétente. Cette énergie s'est répandue dans toute mon entreprise pour lancer avec succès le kit de bain rituel. Le produit s'est tellement bien vendu qu'il a été rentabilisé une semaine après son lancement.

Le fait d'être heureuse de ce que j'ai et d'éprouver de la gratitude a tant fait pour moi. Au lieu d'observer ma vie privée, mon commerce et même ma vie spirituelle d'un œil avide en me disant « Et après ? », je me demande aujourd'hui : « Comment pouvons-nous tirer profit de ce que nous avons déjà acquis ? »

Cet état d'esprit m'a aidée à répondre à des questions comme : « Qu'est-ce que je désire réellement ? » Oui, je veux déménager dans un nouveau foyer, mais je n'ai pas besoin de le faire aujourd'hui, ni même cette année. Cela nous a aussi permis de répondre à une question très importante : « Devrions-nous avoir un second enfant ? » Nous avons observé notre famille, la joie que nous partageons tous, et avons estimé que ce n'était pas nécessaire.

La plus belle chose que mon mari et moi retirons de cette année à apprécier ce que nous avons déjà est probablement que nous avons passé la meilleure de notre relation. Nous avons réalisé que, si nous avons déjà assez, si je suffis, et que tu suffis, alors nous nous suffisons l'un l'autre.

Je pense que nous allons continuer avec cette bonne résolution de nous contenter de ce que nous avons. Je sais qu'il me reste encore beaucoup de chemin à parcourir, et j'ai hâte de voir ce qui m'attend. Ce bain vous donnera un moment pour célébrer le chemin que vous avez parcouru et récolter le fruit de votre labeur. Célébrez. Vous le méritez.

Ingrédients

1 mug de sel d'Epsom

1 mug de jus d'orange

1 mug de jus de pêche

1 mug de lait de coco

Des feuilles de basilic frais

3 pêches tranchées

Des pétales de rose roses

Des cristaux d'agate mousse, d'émeraude et de citrine

Rituel

1. Placez tous les ingrédients dans le bain, chauffé à votre convenance.
2. Allumez une bougie.
3. Fabriquez un bâton de fumigation avec un bâton de cannelle, placez-le dans une coupelle résistante au feu et allumez-le. Utilisez une plume que vous avez ramassée pour envoyer la fumée vers votre corps.
4. Entrez dans le bain et plongez la tête sous l'eau.
5. Fermez les yeux et placez vos deux mains sur votre ventre.
6. Prenez une profonde inspiration et représentez-vous exactement dans votre position, en train de profiter de votre bain, entourée de toutes ces belles plantes et de ces belles pierres.
7. Envoyez une onde de gratitude en partant de votre grand cœur. Inhalez cette gratitude.
8. Concentrez-vous ensuite sur les aspects invisibles de ce moment. Votre foyer, l'argent que vous possédez, vos biens, votre travail, votre famille, vos plantes et vos animaux chéris. Envoyez pour ce moment une onde de gratitude depuis votre grand cœur, puis prenez une grande inspiration.
9. Encore une fois.
10. Et une autre.
11. Détendez-vous et imprégnez-vous de ce soin que vous avez préparé.

Bain du Bonheur et des Célébrations

TERRE, SUD, GÉMEAUX, BALANCE, ÉTÉ	TISANE IDÉALE : MÉLISSE

Que signifie vraiment « être heureux » ? Pourquoi le bonheur est-il l'une des émotions les plus artificielles, simulées et commerciales ? Voulons-nous vraiment tous être heureux ?

Les quatre poisons qui anéantissent le bonheur sont la comparaison, l'attachement, l'attente et la honte. Je pense que le véritable bonheur est une vie équilibrée, remplie d'accomplissements, de relations saines et de besoins comblés – le peu de besoins qui nous sont en tout cas réellement essentiels.

Il n'est pas réaliste de penser pouvoir être heureux en permanence. Nous avons tous des hauts et des bas. Les gens qui vivent heureux ressentiront de très nombreuses émotions, mais ils ne s'attacheront ou ne s'identifieront à aucune d'entre elles en particulier. Ils n'auront pas forcément l'impression d'être heureux. Ils traverseront des moments difficiles, ressentiront de la tristesse et de la colère, mais ils transformeront ces moments en leçons et continueront à avancer.

Répression = dépression. Nous ne pouvons être heureux que lorsque nous sommes vraiment libres d'être nous-mêmes et de nous exprimer.

Je vous conseille vivement de ne pas attendre que votre bonheur vienne de quelque chose ou quelqu'un d'autre que vous. Cela se terminera presque toujours mal et causera des tensions dans vos relations. Vous êtes la seule personne responsable de votre bonheur. Vos parents, votre partenaire et vos amis ne sont que d'autres êtres humains qui cherchent eux aussi le bonheur. Essayez de mettre le doigt sur tout ce qui vous empêche de trouver le bonheur et tentez de vous débarrasser de ces obstacles.

L'un des pires éléments qui empêchent le bonheur d'améliorer nos vies est la comparaison. À partir du moment où vous commencez à vous comparer aux autres, votre bonheur va s'étioler. Inspectez votre personne. Quand avez-vous tendance à vous comparer aux autres ? Si vous vous rendez compte que, lorsque vous allez sur les réseaux sociaux, vous vous comparez à ce que vous y voyez, ne suivez que des comptes qui vous inspirent ou vous pousseront à avancer. Arrêter totalement ou sporadiquement de consulter les réseaux sociaux peut se révéler extrêmement utile. Essayez de voir si vous vous comparez aux personnes de votre entourage. Tentez de les apprécier pour ce qu'elles sont, et rappelez-vous : nous suivons tous un chemin personnel.

Vous ne devez pas avoir honte de vous-même, de ce que vous avez fait par le passé ou des épreuves que vous avez traversées. Toutes ces expériences font que vous êtes vous, aujourd'hui. Vous avez une raison d'être là. Votre esprit et votre histoire uniques sont un soin à diffuser sur notre planète. La culpabilité, le regret et la honte ne feront que vous tirer en arrière et vous ralentir.

Ne cédez pas aux poisons de la comparaison, de l'attachement, de l'attente et de la honte ; à la place, soyez courageuse et écoutez vos besoins. Faites bien attention à les combler, et accordez-vous ensuite le droit d'être heureuse de la personne que vous êtes. Vous ne pouvez peut-être pas changer les épreuves que vous avez traversées, mais il n'appartient qu'à vous de décider où vos pas vont maintenant vous guider.

Écoutez la petite voix de votre enfant intérieur. Si vous vous sentez déprimée, soyez honnête avec vous-même et posez-vous ces questions : « Suis-je assez sortie à l'extérieur ? En pleine nature » ? Montez sur une balançoire, faites de la corde à sauter, du vélo, dites à un de vos proches que vous l'aimez, cueillez des fleurs pour un ami, faites de l'aquarelle – non pas pour créer un chef-d'œuvre mais parce que la peinture est une activité ludique. Au lieu d'acheter des objets, réparez et recyclez ce que vous avez déjà. Essayez toutes ces activités et voyez comment vous vous sentez ensuite. Ce bain est conçu pour vous aider à vous sentir si heureuse que vous brillerez.

Ingrédients

1 mug de sel rouge d'Alae

1 mug de lait d'avoine

1 cuillère à soupe de poudre de cuivre

Une casserole de tisane de safran

Un mélange dans un sachet en tissu de mélisse, de tilleul, de violette, de cynorhodon et de millepertuis perforé

Des pétales de rose blancs

Un cristal de roche

3 gouttes d'huile essentielle de jasmin, 3 gouttes d'huile essentielle de fleur de tilleul et 3 gouttes d'huile essentielle d'orange douce

Idéalement : des fleurs de jasmin et de tilleul

Rituel

1. Placez tous les ingrédients dans le bain, chauffé à votre convenance.
2. Allumez une bougie.
3. Lancez une musique calme mais joyeuse.
4. Fabriquez un bâton de fumigation avec du foin d'odeur, placez-le dans une coupelle résistante au feu et allumez-le. Envoyez la fumée vers votre corps à l'aide d'une plume que vous avez ramassée.
5. Entrez dans le bain et plongez la tête sous l'eau.
6. Placez le quartz sur votre cœur.
7. Demandez à l'eau de vous rappeler votre joie.
8. Demandez à l'eau de vous apprendre comment recevoir la joie.
9. Demandez à l'eau de guider vos visions vers une chose qui vous inspire le bonheur.
10. Détendez-vous et imprégnez-vous de ce soin que vous avez préparé.

Bain de la Fertilité

TERRE, EST, CANCER, SCORPION, VIERGE, ÉTÉ	TISANE IDÉALE : TRÈFLE VIOLET ET GUAYUSA

La fertilité est un parcours entièrement personnel pour tout le monde. Aucun « il faut » n'y a sa place. Une fois que vous vous serez débarrassée du jugement et de la comparaison qui empoisonnent vos ovaires, vous découvrirez en vous une nouvelle patience et comprendrez que vous êtes lancée sur un chemin spirituel qui est l'un des plus puissants rites de passage qui existent.

Je pense qu'environ 40 % des personnes qui me consultent sont des femmes qui tentent d'avoir un enfant. Lorsque je les vois arriver, j'essaye d'abord de voir si un esprit à naître se trouve à leurs côtés, et si c'est le cas, s'il tente de communiquer son désir de naître. Il s'agit parfois d'un travail sur l'émotion, par exemple si la future maman doit apprendre à pardonner à sa propre mère, et quelquefois il faut simplement qu'elle fasse de la place dans son foyer, sa vie et son emploi du temps pour que le bébé voie que sa mère aura du temps pour lui. La plupart du temps, les bébés n'arrivent pas au moment où nous les attendons.

Une patiente est venue à l'âge de quarante ans, et il lui a fallu attendre cinq années supplémentaires avant de tomber enceinte. Les clientes qui veulent un enfant et qui viennent me consulter n'ont pas toutes un esprit à naître, mais cela ne veut pas dire qu'elles ne tomberont pas enceintes. Cela veut simplement dire que le bébé ne se manifeste pas durant la Lecture holistique car il y a d'autres aspects de l'aura, de l'esprit, qui doivent être traités avant de pouvoir accueillir l'énergie du bébé. Certaines personnes ont à leurs côtés dix ou quinze esprits à naître ; certains trouveront leur chemin jusqu'à la Terre, d'autres continueront à les guider depuis le plan spirituel.

Les choses sont différentes pour nous toutes, mais si nous sommes assez courageuses pour affronter ce qui empêche le bébé d'arriver, alors c'est probablement le moment de concevoir. L'élément clé de la fertilité est la réceptivité. Si nos portes et notre esprit sont fermés, comment pouvons-nous espérer que quiconque les franchisse ? Et si un bébé désire vraiment venir, mais

pas comme vous, vous le désirez ? Serez-vous d'accord avec ça ? Aurez-vous le courage de rester ouverte et réceptive même si vous êtes déçue ?
Lorsque je me rappelle l'époque où je pensais que j'étais physiquement incapable de tomber enceinte, je réalise qu'il y avait seulement de nombreux éléments à organiser avant que je ne puisse donner naissance à un enfant. Il m'a fallu résoudre ce problème pour appeler l'esprit de cette magnifique petite fille. Je pense que nos esprits à naître nous trouvent et attendent le moment idéal pour nous rejoindre. Elle ne voulait pas que mon ex-compagnon soit son père. Elle connaissait son père et a attendu que nous nous trouvions tous les deux. Je me demande presque si c'est son énergie qui a rendu la rencontre entre son père et moi aussi magique. Je remercie les plantes de la préparation qui a fait fondre mon fibrome et a augmenté ma fertilité. Je remercie le professeur qui a senti le besoin de me demander si je voulais des enfants. Je remercie l'univers et le *timing* divin de tout ce qui existe.
Ce bain comprend certaines des plantes que j'utilisais durant ma *dieta* (ou leur équivalent nord-américain) avant que je ne tombe enceinte. Ce rituel imite le travail que j'ai dû faire pour dire à l'esprit de ma magnifique fille que j'étais prête à ce qu'elle arrive.

Ingrédients

1 mug de sel

Une casserole de tisane de guayusa

Une casserole de tisane de trèfle violet

3 pêches en tranches

Du sel d'Epsom

Des pétales de rose roses

Du romarin frais

Un cristal de quartz rose et une citrine

3 gouttes d'huile essentielle de rose et
3 gouttes d'huile essentielle de romarin

1 mug de miel brut local

Idéalement : des feuilles de guayusa fraîches, des feuilles de vigne et des trèfles violets

Rituel

1. Placez tous les ingrédients dans l'eau du bain, chauffée à votre convenance.
2. Allumez une bougie.
3. Fabriquez un bâton de fumigation d'armoise, placez-le dans une coupelle résistante au feu et allumez-le. Envoyez la fumée vers votre corps avec une plume que vous avez ramassée.
4. Entrez dans le bain et plongez la tête sous l'eau.
5. Placez le quartz rose sur votre cœur en vous concentrant sur la réceptivité.
6. Placez la citrine sur votre utérus en vous concentrant sur l'idée de le nourrir.
7. Connectez-vous aux esprits à naître. Demandez-leur de vous guider vers ce que vous devez accomplir avant de pouvoir les accueillir. La réponse ne sera peut-être pas immédiate ; elle se manifestera peut-

être dans les jours qui suivront sous la forme de signes, grâce auxquels les esprits communiquent avec nous.

8. Offrez-vous de la patience, pour vous et votre futur enfant.
9. Détendez-vous et imprégnez-vous du soin que vous avez préparé.

Jaune

L'aura peut contenir de très nombreuses nuances de jaune. Un jaune citron est le plus souvent indicateur de joie et d'une capacité à bien assimiler les expériences, la nourriture ou tout autre chose dont un individu pourrait avoir besoin. Un jaune de cadmium indique une puissante confiance en soi et en son instinct. Je m'inquiète pour les personnes dont l'aura est colorée en ocre, car cette couleur est pour moi synonyme d'addiction.

LA LUMIÈRE

Les personnes à l'aura jaune sont vives ! Elles apprennent vite et avancent rapidement dans leurs études. Ce sont des gens qui aiment lire et qui sont plutôt curieux. Ils n'ont pas peur de poser des questions difficiles par simple intérêt pour la recherche. Les personnes à l'aura jaune font d'excellents journalistes et ingénieurs. Si j'ai un jour besoin d'être opérée du cerveau, j'aimerais que mon chirurgien ait une aura jaune. Apprendre de nouvelles choses les rend heureux ; c'est aussi vrai pour un enfant de cinq ans que pour une personne de quatre-vingt-cinq ans. Ils sont constamment à la recherche du bonheur. Ils ont confiance en eux et en leur perception d'eux-mêmes, et seront les premiers à se porter volontaire pour toute opportunité, sans avoir honte d'être appelés sur le devant de la scène. Ils ont naturellement l'esprit de compétition et sont donc tout à fait dans leur élément lorsqu'ils font du sport, des jeux de société ou toute activité qui leur permet de démontrer leurs talents et leur bravoure. Ce sont néanmoins des personnes pour qui l'amitié est la chose la plus importante, qui garderont leurs amis à leurs côtés toute leur vie, et qui sont investies dans leur communauté et seront toujours prêtes à accueillir des étrangers.

L'OMBRE

Le jaune peut changer de nuance en entrant dans l'ombre ; c'est là que nous nous retrouvons malheureusement confrontés à l'addiction. La drogue peut nous voler notre âme et notre perception de nous-mêmes. Lorsque nous nous abandonnons à l'addiction, nous devenons ce à quoi nous sommes addicts. Les personnes accros aux commérages, à la drogue ou au shopping ont une aura ocre autour d'elles. Les personnes à l'aura jaune dans l'ombre mobilisent leur intelligence pour obtenir ce qu'elles veulent et peuvent se montrer très manipulatrices. Elles n'auront aucun remords à mentir sur leur identité ou à utiliser les autres pour leur propre profit. Leur identité peut se mêler à une fausse image et leur donner l'air de Je-sais-tout égocentriques.

Bains jaune

BAIN DES ALLIÉS

BAIN DE LA RENAISSANCE

BAIN DES LIMITES SAINES

BAIN DE RECONNAISSANCE

BAIN DE LA GUERRIÈRE

BAIN POUR VAINCRE L'ADDICTION

BAIN POUR TROUVER SA RAISON D'ÊTRE

BAIN DE L'ASSIMILATION

BAIN DE LA CONFIANCE EN SOI

Bain des Alliés

TERRE, EST, GÉMEAUX, BÉLIER, PRINTEMPS	TISANE IDÉALE : ORTIE, MÉLISSE ET ROSE

Nos alliés sont nombreux : un ami proche qui nous encourage, la famille dans laquelle nous avons grandi ou que nous avons créée, nos animaux de compagnie, les artistes qui nous inspirent, les auteurs de chansons et de poèmes qui expriment parfaitement nos sentiments, le Grand Esprit, ainsi que Mère Nature et ses merveilleuses créations.

Passer du temps aux côtés de ces alliés est l'un des soins les plus revigorants. Il devient de plus en plus difficile de se faire de nouveaux amis en vieillissant et en traversant d'importants rites de passage comme le mariage, la naissance d'enfants, la perte d'un proche, les déménagements ou un nouveau travail. Souvent, nous perdons certains amis de vue : ce n'est pas parce qu'ils ne nous aiment plus, mais parce que nos expériences de la vie diffèrent, et qu'il devient donc plus difficile de comprendre ce que l'autre vit. De plus, la culture du smartphone exacerbe le sentiment d'isolement et de solitude. Nous savons ce qui se passe dans la vie de notre entourage sans avoir besoin de les contacter, et comme les gens ont tendance à partager uniquement les bonnes nouvelles, on cède parfois à l'impression que tout le monde vit une vie bien plus heureuse que la nôtre.

Si vous avez perdu un ami, prenez votre courage à deux mains et essayez de rétablir le contact. Débarrassez-vous de l'idée qu'ils vous en veulent peut-être. Mieux encore, créez une opportunité pour que vos amis puissent se réunir. Lancez vos propres cérémonies de la lune et vos groupes de partage. Notez vos rêves chaque jour et réunissez-vous pour les partager.

Au lieu de laisser vos vieilles amitiés vous blesser, soignez-les. Nous devons faire attention, en devenant des individus plus sensibles, à ne pas devenir insupportables. Ce n'est pas parce que nos amis et nos proches ne partagent pas nos intérêts spirituels qu'il ne faut pas passer du temps avec eux. Vous n'aurez peut-être plus envie d'aller dans un bar avec eux, mais il est important de trouver

d'autres moyens – comme une promenade ou aller au cinéma – pour partager une connexion avec eux. Cela ne veut pas dire qu'il vous faut cacher ou diminuer votre singularité, mais que vous devez montrer l'exemple à votre proche et à vous-même grâce à la conscience que vous entretenez tous les jours.
Ce bain contient certains de mes alliés préférés – mes amis les plantes et les cristaux. J'ai envie de les partager avec vous car je pense qu'ils peuvent être de bons amis pour tout le monde.

Ingrédients

1 mug de sel d'Epsom

Une pincée d'onagre

Une pincée d'échinacée

2 pincées d'ortie

2 pincées de mélisse

Une pincée de rudbeckie hérissée

Des pétales de rose jaunes

10 gouttes d'huile essentielle de patchouli

Un cristal de roche

Des pierres de jade

Idéalement : des fleurs d'onagre fraîches

Rituel

1. Placez tous les ingrédients dans le bain, chauffé à votre convenance.
2. Allumez une bougie.
3. Fabriquez un bâton de fumigation de foin d'odeur, placez-le dans une coupelle résistante au feu et allumez-le. Dirigez la fumée vers votre corps à l'aide d'une plume que vous avez ramassée.
4. Entrez dans le bain et plongez la tête sous l'eau.
5. Fermez les yeux et représentez-vous les exemples d'alliés les plus amicaux que la nature ait à nous offrir (pour moi, ce sont les chiots).
6. Invitez tous vos esprits alliés à vous entourer.
7. Invitez la perspective de rencontrer de nouveaux alliés.
8. Détendez-vous et imprégnez-vous du soin que vous avez fabriqué.

Bain de la Renaissance

FEU, EST, CAPRICORNE, PRINTEMPS	TISANE IDÉALE : ORTIE, FEUILLES ET FLEURS DE VIOLETTE ET FLEURS DE TILLEUL

Vous avez le droit de pleurer ce qui est derrière vous, mais rappelez-vous qu'il faudra vous en détacher pour pouvoir accueillir les opportunités qui vous attendent. Lorsque j'ai créé mon entreprise, il a fallu à chaque étape que je me défasse de la conscience du manque et de l'absence d'amour-propre qui m'habitaient, et que je reconnaisse que j'avais beaucoup de choses à faire tant que je me trouvais sur cette planète. Alors pourquoi ne pas commencer dès maintenant ?

Concernant mon amour-propre, le plus gros défi que j'ai dû relever a été de changer ma façon de gérer mon entreprise. Avant, je me concentrais sur le fait d'aider les autres à grandir et non sur ma propre évolution. Je savais que, pour faire tout ce que je devais faire, j'allais devoir m'autoriser à prendre le plus de place possible, à me faire entendre aussi fort que possible ; ce n'est qu'en m'autorisant à être vue que je pourrais aider les autres à se sentir moins seuls, plus entourés et capables de se guérir par leurs propres moyens. C'est pour cela que Space devait naître à New York, une ville où les rêves naissent et renaissent quatre millions de fois par jour.

Avez-vous déjà visité New York au printemps ? La beauté de la ville est décuplée. Les bourgeons roses et jaunes complètent parfaitement le gris des immeubles qui s'élancent vers le ciel et les lumières diffuses, nous promettant ainsi une renaissance et la fin du sommeil de l'hiver.

Dans certaines écoles spirituelles, on considère que le printemps est la période la plus difficile de l'année car il y a autant de lumière que d'ombre. Mais ce n'est pas une fatalité. Cela dépend entièrement de votre capacité à contenir votre ombre en choisissant votre lumière. Laissez les pleines lunes et le soleil levant décupler votre capacité à vous régénérer. Prenez un nouveau départ.

La pleine lune est une énergie révélatrice. Lorsque ces révélations vous apparaissent, les coucher sur le papier sera un acte très puissant et profond. Quand vous relirez ces mots plus tard, vous parviendrez à comprendre davantage de choses avec le recul et pourrez ainsi avancer avec des visions plus précises, vers votre renaissance. J'ai conçu ce bain pour que vous puissiez baigner dans les révélations de la pleine lune sur la renaissance.

Ingrédients

1 mug de sel d'Epsom

Une casserole ou un mélange dans un sachet en tissu de feuilles et de fleurs de violette, de fleurs de cerisier et de fleurs de forsythia

250 ml de lait de coco

Quelques gouttes d'huile essentielle de frangipanier

Des cristaux d'améthyste, de citrine et de quartz rose

Rituel

1. Placez tous les ingrédients dans le bain, chauffé à votre convenance.
2. Purifiez votre aura à l'aide d'une baguette de sélénite.
3. Entrez dans le bain et plongez la tête sous l'eau.
4. Récitez ou chantez « Renouveau, régénération, renaissance » dans l'eau trois fois.
5. Détendez-vous et imprégnez-vous de la puissante énergie que vous avez créée.

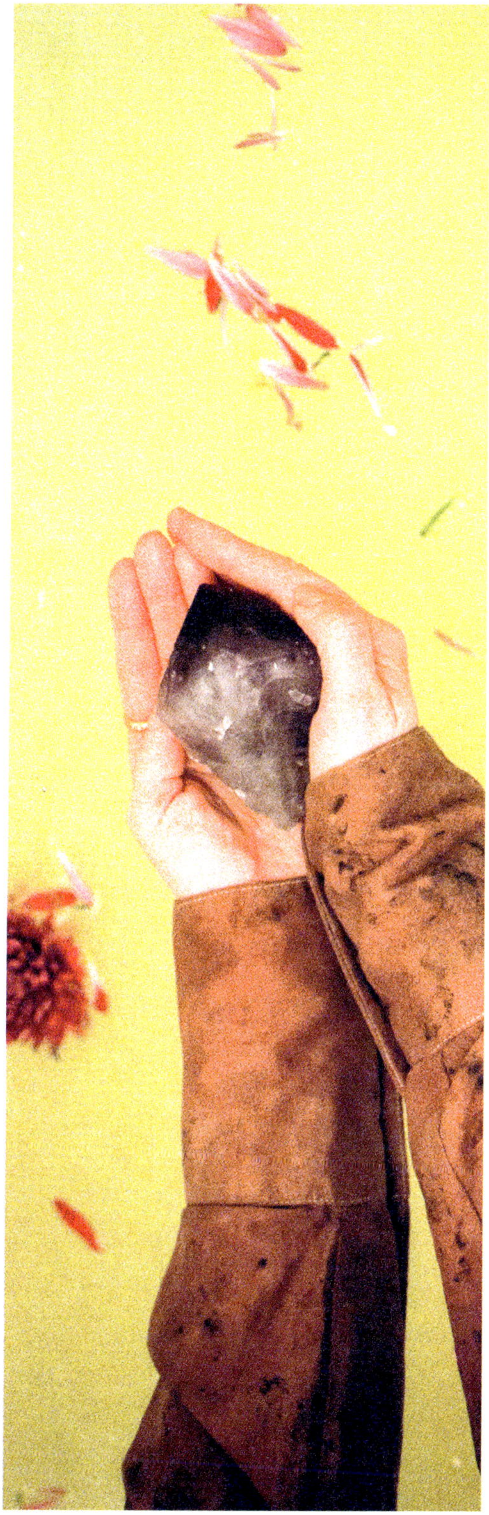

Bain des Limites saines

FEU, OUEST, LION, PRINTEMPS	TISANE IDÉALE : ÉCORCE D'ORANGE ET ROSE, OU UN VERRE DE VIN ROUGE

Ce bain fait émerger l'énergie de votre essence sauvage, passionnée, aimante, l'énergie de votre enfant intérieur. Offrez-vous le luxe de ce bain lorsque vous avez besoin de vous débarrasser de limites inutiles. Faites entrer en vous les nouvelles limites que vous souhaitez, celles qui vous permettront de faire ce qui est le mieux pour vous. Débarrassez-vous de ce qui ne vous sert plus. Débarrassez-vous de la peur et de la stagnation, et accueillez la clarté et la pureté. Quand nous savons ce que nous sommes, nous savons ce que nous ne sommes pas. Nous sommes la conscience unie, nous sommes tout et tout le monde. Mais cela ne veut pas dire que nous devons gérer les émotions des autres ou endosser la responsabilité de leurs actions ; cela affaiblit tant celui qui prend ce poids sur ses épaules que les personnes qu'il « aide ». Endossez plutôt votre propre responsabilité et celle de vos actions. Dites-vous qu'en faisant ainsi, la petite goutte de l'océan de cette famille d'êtres conscients ressent l'onde des vibrations que vous créez. Donnez l'exemple. Ce bain vous aidera à démêler ce qui relève de votre responsabilité de ce dont vous n'êtes pas responsable.

Ingrédients

1 mug de sel d'Epsom

Une poignée de pétales de rose roses

1 bouteille de vin rouge

20 gouttes d'huile essentielle d'orange douce et 5 gouttes d'huile essentielle de jasmin

Un cristal de cornaline

Rituel

1. Placez tous les ingrédients dans l'eau du bain, chauffée à votre convenance.
2. Allumez une bougie.
3. Fabriquez un bâton de fumigation avec un bâton de cannelle, placez-le dans une coupelle résistante au feu et allumez-le. Envoyez la fumée vers votre corps avec une plume que vous avez ramassée.
4. Entrez dans le bain et plongez la tête sous l'eau.
5. Placez le cristal sur votre nombril.
6. Adressez-vous à votre enfant intérieur en répétant « Tu te suffis à toi-même » trois fois.
7. Imprégnez-vous de toute l'énergie du bain que vous avez créée.

Bain de Reconnaissance

FEU, SUD, LION, ÉTÉ	THÉ IDÉAL : THÉ VERT AU JASMIN

Ingrédients

1 mug de sel de mer

1 mug de sel d'Epsom

1 mug d'algue bleu-vert

Une casserole de thé vert

Une casserole de tisane de romarin (frais ou séché)

Une poignée de pétales de rose rouges

Un concombre tranché

2 ou 3 bâtons de cannelle

Une poignée de fleurs du marché

5 gouttes d'huile essentielle de romarin et 5 gouttes d'huile essentielle de rose

Des cristaux de turquoise, de jade et de citrine ou de topaze

Rituel

1. Placez tous les ingrédients dans l'eau chauffée à votre convenance.
2. Purifiez votre aura avec une baguette de sélénite.
3. Entrez dans le bain et plongez la tête sous l'eau.
4. Placez le cristal de turquoise au niveau de vos poumons.
5. Prenez une profonde inspiration jusqu'au centre de votre cœur.
6. Chantez. Chanter à gorge déployée est une excellente façon de laisser s'échapper l'amour qui se trouve en vous et qui cherche à se manifester. La chanson qui suit est un chant gospel enregistré par John et Alan Lomax en 1934. Adressez-le à votre enfant intérieur et au désir de l'amour de se manifester en chacun de nous.
7. Visualisez-vous enveloppée d'une vive lumière vert et doré qui vous encourage avec toute la protection et l'amour que Mère Nature a à offrir. Elle vous demande ce qui se trouve en vous et qui a toujours été là. Examinez comment cette lumière, qui a toujours été présente, peut vous aider à guérir notre famille humaine et à vous guérir vous-même.
8. Détendez-vous et imprégnez-vous du soin que vous avez créé.

CHANSON "THE LITTLE LIGHT OF MINE"

This little light of mine, I'm gonna let it shine
This little light of mine, I'm gonna let it shine
This little light of mine, I'm gonna let it shine
Let it shine, shine, shine
Let it shine!

Everywhere I go, I'm gonna let it shine
Everywhere I go, I'm gonna let it shine
Everywhere I go, I'm gonna let it shine
Let it shine, shine, shine
Let it shine!

This little light of mine, I'm gonna let it shine
This little light of mine, I'm gonna let it shine
This little light of mine, I'm gonna let it shine
Let it shine, shine, shine
Let it shine!

All up in my house, I'm gonna let it shine
All up in my house, I'm gonna let it shine
All up in my house, I'm gonna let it shine
Let it shine, shine, shine
Let it shine!

This little light of mine, I'm gonna let it shine
This little light of mine, I'm gonna let it shine
This little light of mine, I'm gonna let it shine
Let it shine, shine, shine
Let it shine!

Out there in the dark
I'm gonna let it shine
Out there in the dark
I'm gonna let it shine
Out there in the dark
I'm gonna let it shine
Let it shine, shine, shine
Let it shine!

This little light of mine, I'm gonna let it shine
This little light of mine, I'm gonna let it shine
This little light of mine
I'm gonna let it shine
Let it shine, shine, shine
Let it shine!

[OUTRO]
Let it shine, shine, shine
Let it shine!
Let it shine, shine, shine
Let it shine!

TRADUCTION

Cette petite lumière qui est en moi, je vais la laisser briller

Cette petite lumière qui est en moi, je vais la laisser briller

Cette petite lumière qui est en moi, je vais la laisser briller

La laisser briller, briller, briller

La laisser briller !

Partout où je vais, je vais la laisser briller

Partout où je vais, je vais la laisser briller

Partout où je vais, je vais la laisser briller

La laisser briller, briller, briller

La laisser briller !

Cette petite lumière qui est en moi, je vais la laisser briller

Cette petite lumière qui est en moi, je vais la laisser briller

Cette petite lumière qui est en moi, je vais la laisser briller

La laisser briller, briller, briller

La laisser briller !

Chez moi, je vais la laisser briller

Chez moi, je vais la laisser briller

Chez moi, je vais la laisser briller

La laisser briller, briller, briller

La laisser briller !

Cette petite lumière qui est en moi, je vais la laisser briller

Cette petite lumière qui est en moi, je vais la laisser briller

Cette petite lumière qui est en moi, je vais la laisser briller

La laisser briller, briller, briller

La laisser briller !

Dehors, dans l'obscurité

Je vais la laisser briller

Dehors, dans l'obscurité

Je vais la laisser briller

Dehors, dans l'obscurité

Je vais la laisser briller

La laisser briller, briller, briller

La laisser briller !

Cette petite lumière qui est en moi, je vais la laisser briller

Cette petite lumière qui est en moi, je vais la laisser briller

Cette petite lumière qui est en moi

Je vais la laisser briller

La laisser briller, briller, briller

La laisser briller !

[OUTRO]

La laisser briller, briller, briller

La laisser briller !

La laisser briller, briller, briller

La laisser briller !

Bain de la Guerrière

FEU, SUD, CAPRICORNE, ÉTÉ	THÉ IDÉAL : THÉ OOLONG

Les guerriers ne deviennent pas des guerriers en réponse à leurs traumatismes, mais en acceptant leurs expériences passées comme des fondations de la personne qu'ils sont devenus. Ils se connaissent et ont confiance en eux, et n'ont pas peur de lutter pour ce qu'ils estiment être juste.

Devenez une guerrière de l'amour et de la vérité. Ne laissez aucun moule dans lequel on tente de vous faire rentrer vous faire oublier la vérité sur votre identité. Vous êtes une manifestation de l'amour. La pleine lune est le moment idéal pour permettre à votre objectif guerrier de se révéler. Dans la nature, trouvez les symboles des entités qui sont totalement à l'aise avec ce qu'elles sont – comme notre sœur la lune, qui baigne au-dessus de nous dans son pouvoir et dont la vive lumière nous guide – et tirez-en des leçons. Incorporez leur histoire à votre essence même. Ce bain est un excellent outil pour cela.

Ingrédients

1 mug de sel d'Epsom

1 casserole de thé Oolong

3 oranges en tranches

5 tournesols

Des fleurs sauvages (facultatives)

10 gouttes d'huile essentielle d'orange douce et 5 gouttes d'huile essentielle de patchouli

Des cristaux de quartz hématoïde, de citrine et des labradorites

Rituel

1. Placez tous les ingrédients dans l'eau, chauffée à la température de votre choix.
2. Fabriquez un bâton de fumigation avec des bâtons de cannelle et du palo santo, placez-le dans une coupelle résistante au feu et allumez-le. Envoyez la fumée vers votre corps à l'aide d'une plume que vous avez ramassée.
3. Entrez dans le bain et plongez la tête sous l'eau.
4. Concentrez-vous et pensez aux moments où vous avez été une vraie guerrière. Ce peut être un moment aussi simple que prendre le temps de profiter de ce bain.
5. Fermez les yeux, profitez, chantez pour l'eau, et bénissez-vous afin de devenir un modèle de lumière pour tout le monde.

Bain pour vaincre l'addiction

AIR, OUEST, CANCER, AUTOMNE	TISANE IDÉALE : PASSIFLORE, RACINE D'OSHA, VERGE D'OR, PISSENLIT, MÉLISSE, CHRYSANTHÈME, VALÉRIANE, ACHILLÉE MILLEFEUILLE ET MILLEPERTUIS PERFORÉ

Les addictions sont un problème très sérieux mais malheureusement souvent sous-estimé. Je fais partie des nombreuses personnes qui ont perdu un proche à cause d'elles. Peu importe le poison, toutes les personnes accros partagent la couleur jaune ocre : c'est la couleur de la volonté inversée, la couleur qui apparaît lorsque votre ego est contre vous. J'ai moi-même déjà essayé d'en parler de nombreuses fois, mais la seule façon pour une personne dépendante de s'en sortir est de le vouloir elle-même. En vérité, certaines personnes ne veulent pas guérir. La douleur leur est devenue trop familière. Parfois à cause de leur éducation ou du passé de leur esprit, elles confondent la douleur avec de l'amour.

Si vous souffrez d'une addiction, quelle qu'elle soit, rappelez-vous que vous n'êtes pas une coquille vide, il n'y a pas de vide à remplir en vous avec une quelconque substance, une personne ou une habitude. Je sais que c'est difficile, mais vous êtes la seule personne capable de vous en sortir.

Je peux vous recommander un bain, mais ni le bain ni quoi que ce soit d'autre ne fonctionnera si vous n'avez pas la volonté nécessaire. C'est vous et vous seule qui pouvez vous tenir tête, qui pouvez retrouver votre identité perdue et empêcher l'addiction de vous définir. Acceptez toute l'aide possible, consultez un professionnel et parlez à vos proches des épreuves que vous traversez.

Endossez vos responsabilités et ne vous dédouanez pas. Vous perdrez seulement en puissance si vous choisissez de mettre votre addiction sur le compte de quelqu'un d'autre ou de quelque chose qui vous est arrivé. Si vous réalisez que vous êtes une source de souffrance pour vous-même, vous pourrez faire le choix d'arrêter de vous faire du mal. Si vous le laissez faire, l'amour vous guérira. Il vous comblera avec quelque chose de bien plus beau qu'une drogue ou une mauvaise habitude.

J'ai conçu ce bain pour vous aider à vous retrouver et à vous libérer de l'addiction.

Ingrédients

5 mugs de sel d'Epsom

Un mélange dans un sachet en tissu de passiflore, de racine d'osha, de verge d'or, de pissenlit, de mélisse, de chrysanthème, de valériane, d'achillée millefeuille et de millepertuis perforé

Des fleurs fraîches (pissenlit, jonquille, pétales de rose jaunes, chrysanthème, achillée millefeuille et millepertuis perforé)

1 citron en tranches

1 cuillère à soupe de vinaigre de cidre

1 cuillère à soupe de bicarbonate de soude

10 gouttes d'huile essentielle de frangipanier et 5 gouttes d'huile essentielle de mélisse

Des cristaux de quartz fumé, de citrine, de cornaline, de quartz rose, d'obsidienne et de cristal de roche

Idéalement : des fleurs de frangipanier

Rituel

1. Placez tous les ingrédients dans l'eau du bain, chauffée à votre convenance.
2. Allumez une bougie.
3. Mettez de la musique relaxante.
4. Fabriquez un bâton de fumigation en allumant du cèdre blanc dans une coupelle résistante au feu. Dirigez la fumée vers votre corps à l'aide d'une plume que vous avez ramassée.
5. Entrez dans le bain et plongez la tête sous l'eau.
6. Placez le quartz fumé sur votre ventre.
7. Placez la citrine sur votre hanche gauche.
8. Placez la cornaline sur votre hanche droite.
9. Placez le quartz rose sur votre cœur.
10. Tenez l'obsidienne dans votre main gauche.
11. Tenez le cristal de roche dans votre main droite.
12. Prenez trois profondes inspirations.
13. Respirez ensuite en rythme : deux inspirations par le nez et une expiration par la bouche.
14. Continuez comme cela pendant au moins deux chansons, ou environ dix minutes, en faisant des pauses au besoin. Reprenez ensuite une respiration ordinaire. Laissez de profonds soupirs s'échapper de votre bouche, comme si votre ventre et votre cœur soupiraient.
15. Demandez à l'eau de vous guérir. Demandez-lui de vous aider à vous débarrasser de l'emprise de votre poison.

16. Ayez confiance en votre guérison.

17. Faites le vœu d'assumer votre responsabilité. Prenez le cristal de roche et répétez votre vœu en infusant votre intention dans le cristal. Après le bain, gardez le cristal lorsque vous dormez et emportez-le partout où vous allez.

18. Détendez-vous et imprégnez-vous de la magie et du soin que vous avez préparé.

Bain pour trouver sa raison d'Être

TERRE, NORD, VIERGE, TAUREAU, PRINTEMPS

TISANE IDÉALE : ROSE ET BASILIC

De nombreuses personnes me disent durant les Lectures holistiques qu'elles cherchent leur raison d'être. Notre objectif, la seule raison pour laquelle nous existons en tant qu'humains, est peut-être juste de grandir. Nous grandissons pour aimer encore et encore. Donc peu importe ce que vous faites aujourd'hui, votre raison d'être est de grandir. Votre raison d'être et votre travail sont deux choses très différentes. Pour être en accord avec notre raison d'être, nous devons simplement laisser le divin faire son travail. Nous devons faire attention à la différence entre la volonté divine et notre propre volonté. Lorsque c'est la volonté qui est aux commandes, l'esprit déborde de « Je dois » et de « Il faut », se noie dans l'angoisse, le stress et l'incertitude. Au contraire, lorsque c'est la volonté divine, les choses avancent peut-être moins vite, mais au lieu d'être nerveuse ou agitée, vous vous sentirez apaisée. Les choses se dérouleront sans encombre, et vous aurez l'impression que des anges veillent sur vous et vous guident.

Si vous vous sentez extrêmement stressée à cause d'un projet ou d'un travail que vous allez démarrer et que les choses semblent ne pas avancer, c'est aussi parce que les anges vous assistent. Le seul problème, c'est que votre volonté personnelle n'est pas d'accord. La frustration et l'envie de baisser les bras vous gagnent, et vous vous demandez alors pourquoi rien ne se passe jamais comme prévu.

C'est dans ce genre de situation que de nombreuses personnes se tournent vers des techniques de manifestation, comme le fait d'écrire tout ce qu'elles désirent. C'est aussi là que l'intelligence des personnes à l'aura jaune peut les pousser à penser qu'elles en savent plus que le divin. Est-ce que ce que l'on désire correspond à ce dont on a besoin ? Si vous affirmez à l'univers que vous voulez une chose en particulier, êtes-vous en train de dire à l'univers que vous savez tout mieux que lui ? Êtes-vous alors vraiment confiante et patiente ou exigeante et impatiente ?

Quand vous êtes en harmonie avec votre raison d'être, c'est-à-dire que vous grandissez purement et simplement pour devenir encore plus aimante et bienveillante, tout peut arriver. Il vous suffira de penser à quelque chose dont vous avez besoin et, abracadabra, cette chose apparaîtra. Un simple exemple : un jour, je disais à mon mari que je sentais que je devais aller au Maroc. Le lendemain, une personne m'a contactée pour que je dirige une retraite au Maroc.
Si nous confondons notre raison d'être et notre travail, nous risquons de souvent changer d'emploi, de commencer une activité sans aller jusqu'au bout, ou de commencer une formation dans un domaine sans la finir. Mais lorsque l'on réalise que notre seule raison d'être est de grandir, et surtout de devenir une personne plus aimante, nous avons alors accès à une énergie inépuisable qui nous apportera la clarté afin de nous aider à avancer dans notre travail. C'est ça, notre raison d'être. Nous avons tous différentes raisons d'être qui telles des rivières se jettent dans l'infini océan de l'amour. Si vous avez du mal à définir comment vous devez grandir et vous développer, essayez de vous montrer bienveillante. Ouvrez la porte pour les autres, dites s'il vous plaît et merci. Commencez par aider les autres et faire ce que vous avez à faire. Cela permettra à l'énergie de l'amour de circuler, et bientôt, vous trouverez votre voie. Mais n'abandonnez jamais. Les choses peuvent devenir compliquées quand nous ne savons pas où nous allons, mais pensez à la rivière : elle ne sait pas qu'elle deviendra plus tard un océan, et pourtant elle continue son chemin malgré les obstacles. La seule chose qui lui paraît juste est de suivre le courant. Ce bain vous permettra de vous imprégner du pouvoir de votre raison d'être.

Ingrédients

1 mug de sel d'Epsom

1 mug de lait d'avoine

1 citron en tranches

Des feuilles de basilic frais

Des pétales de rose jaunes

10 gouttes d'huile essentielle d'orange douce

Un cristal de citrine

Rituel

1. Placez tous les ingrédients dans l'eau du bain, chauffée à votre convenance.
2. Allumez une bougie.
3. Fabriquez un bâton de fumigation de copal, placez-le dans un récipient résistant au feu et allumez-le. Envoyez la fumée vers votre corps avec une plume que vous avez ramassée.
4. Purifiez une nouvelle fois votre aura avec une baguette de sélénite.
5. Entrez dans le bain et plongez la tête sous l'eau.

6. Placez la citrine sur votre ventre.
7. Prenez un instant pour abandonner votre volonté personnelle à la volonté divine.
8. Faites-vous à l'idée que la volonté personnelle n'est là que pour permettre à la volonté divine d'opérer.
9. Prenez la résolution de laisser votre instinct vous guider à la place de votre cerveau.
10. Imprégnez-vous de cette intention et du soin que vous avez créé.

Bain de l'Assimilation

AIR, EST, VIERGE, AUTOMNE

TISANE IDÉALE : ORME ROUGE ET CAMOMILLE

Vers 2014, je me suis rendu compte que de plus en plus de personnes me consultaient avec des troubles du système digestif. J'ai remarqué qu'elles présentaient presque toutes la couleur jaune dans leur aura, surtout au niveau de la tête. Il s'agissait d'individus brillants, intelligents et attentionnés, mais surtout bouleversés. Ils étaient frustrés et déçus d'eux-mêmes car ils se sentaient mal, alors qu'ils faisaient tout pour prendre soin d'eux. Ils ne parvenaient pas à comprendre ce qui n'allait pas.

Mais avec toute l'énergie accumulée dans leur tête et tout ce qu'ils devaient gérer au quotidien, comment l'énergie aurait-elle pu circuler dans le reste de leur corps ? Lorsque l'on traverse des expériences intenses comme une rupture, un traumatisme, une cérémonie de guérison par les plantes, la prise d'antibiotiques ou de médicaments, la perte d'un proche, un déménagement ou un autre événement majeur, il y a beaucoup d'énergie à traiter. C'est aussi le cas lors d'un apprentissage, d'une formation ou d'un stage. Il faut assimiler de nombreux messages contradictoires quand on emmagasine beaucoup d'informations concernant le mélange des énergies – par exemple une séance d'acupuncture un jour et une session de reiki le lendemain.

À chaque fois que nous nous retrouvons dans une situation où nous devons assimiler une grande quantité d'énergie, nous nous devons de prendre le temps et de nous reposer afin de bien l'assimiler. Si nous ne cessons jamais d'accumuler les expériences, nous n'avons pas le temps d'assimiler l'énergie, ce qui sème le chaos dans le système de traitement du corps physique : les tripes.

Parfois, on se sent mal et on passe des examens, on essaye des compléments alimentaires et on tente d'en apprendre le plus possible pour se soigner ; on a alors tendance à vouloir trop en faire. Apprendre et assimiler sont deux choses différentes et, lorsque nous dépensons toute notre énergie à apprendre comment assimiler, nous ne nous laissons pas un moment de répit pour assimiler les informations emmagasinées, ce qui peut empirer la situation. Je vous conseille de sortir la tête de l'eau et d'aller vous promener dans la nature autour de vous. Simplifiez-vous la vie. Coupez-vous des écrans. Reposez-vous suffisamment. Et voyez comment vous vous sentez après cela. J'ai imaginé ce bain pour vous aider à assimiler.

Ingrédients

1 mug de sel d'Epsom

Une casserole de tisane de camomille

Des pâquerettes

Un cristal de roche

10 gouttes d'huile essentielle de lavande

Une bougie sans parfum

Rituel

1. Placez tous les ingrédients dans l'eau du bain, chauffée à votre convenance.
2. Allumez la bougie.
3. Purifiez votre aura avec une baguette de sélénite.
4. Entrez dans le bain et plongez la tête sous l'eau.
5. Posez vos mains guérisseuses sur votre ventre.
6. Concentrez-vous sur la couleur jaune et diffusez-la de vos mains à votre ventre pendant vingt minutes.
7. Détendez-vous et imprégnez-vous de la magie que vous avez créée.

Bain de la Confiance en Soi

FEU, SUD, LION, SCORPION, CAPRICORNE, ÉTÉ	TISANE IDÉALE : SAFRAN ET ROSE

Si je ne devais enseigner qu'une seule chose à ma fille dans cette vie, c'est d'avoir confiance, je la laisserais découvrir qu'en croyant en elle-même et en se connaissant, en faisant confiance aux effets de l'amour sur elle, elle pourra faire tout ce qu'elle veut. Je ne peux la guider qu'en lui montrant l'exemple, en prenant une profonde inspiration et en me rappelant que je suis faite pour les cadeaux que m'offre la vie tandis que je laisse l'amour s'emparer de moi, en essayant de me rappeler que j'ai travaillé dur, que je mérite tout cela et tous les soins que l'amour m'apporte.

Qu'est-ce qu'il nous faut pour arrêter de nous cacher ? Comment peut-on arrêter d'avoir peur de se montrer ? Comment faire pour avoir le courage de dire : « Je suis fière de ce que je suis devenue » ?

Nous portons tous le poids d'une honte collective. Peut-être qu'à cause de nos anciennes incarnations, nous avons peur de la persécution ; mais ce n'est pas en restant cachées que nous allons grandir. Si nous voulons vraiment être confiantes, nous devons apprendre à nous connaître et à nous accepter. Nous devons accepter tant notre lumière que notre ombre. Nous devons célébrer tout le chemin que nous avons parcouru et que nous parcourons encore. Notre confiance en nous découle de notre connaissance de nous-mêmes.

Votre chemin n'est pas le même que celui des gens qui vous entourent ; même si vous partagez le même domaine d'expertise, vous avez vos propres dons et talents. Ne cédez pas au poison de la comparaison : sortez, apprenez à vous connaître, acceptez-vous et rayonnez de mille feux, mes chéries !

Ce bain est conçu pour vous aider à vous connaître, à vous accepter et à avoir confiance en vous. Tout cela ne viendra peut-être pas en un jour, mais ce bain est un moyen de vous montrer que vous êtes engagée sur le chemin de votre propre découverte.

Ingrédients

1 mug de sel rouge d'Alae

Une casserole de tisane de safran

250 ml de lait de coco

Des pétales de rose jaunes

5 gouttes d'huile essentielle de vétiver, 5 gouttes d'huile essentielle de patchouli, 10 gouttes d'absolu de rose et 10 gouttes d'huile essentielle de lavande

Vos cristaux non solubles préférés

Rituel

1. Placez tous les ingrédients dans l'eau du bain, chauffée à votre convenance.
2. Allumez une bougie.
3. Fabriquez un bâton de fumigation de palo santo, placez-le dans une coupelle résistante au feu et allumez-le. Avec une plume que vous avez ramassée, envoyez la fumée vers votre corps.
4. Entrez dans le bain et plongez la tête sous l'eau.
5. Prenez vos cristaux dans vos mains un à un. Demandez-leur de vous aider à réfléchir à votre identité. Ressentez l'unité que vous formez avec ces pierres et la façon dont nous sommes tous liés par le pouvoir de l'amour.
6. Détendez-vous et imprégnez-vous du soin que vous avez créé.

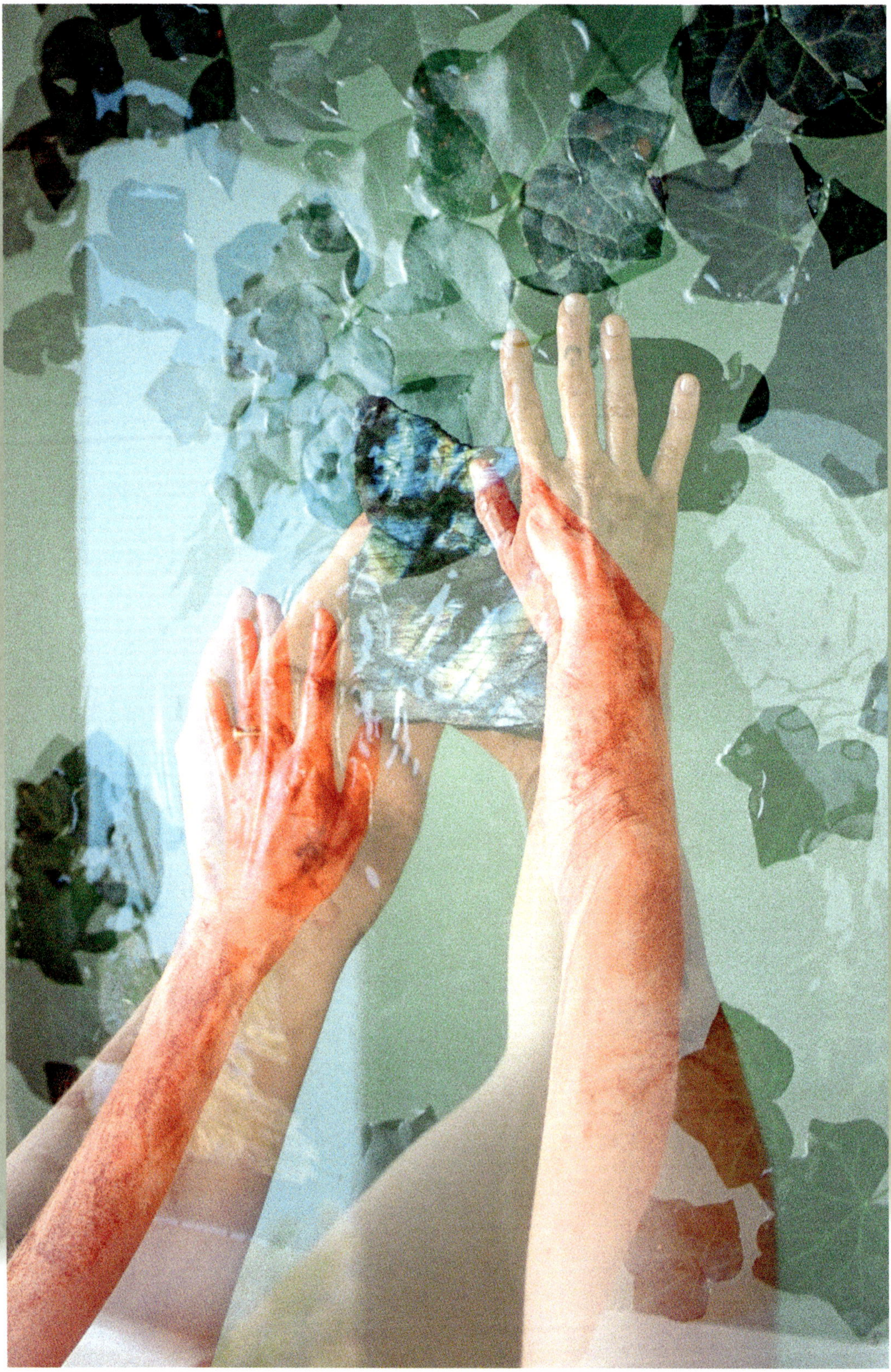

Vert

Le vert est la couleur de l'énergie de guérison naturelle. Il s'accompagne de toute la lumière et l'ombre de ce que cette énergie de guérison dégage.

Pour garder un équilibre dans votre vert, suivez toujours votre cœur. C'est particulièrement vrai concernant les relations ; votre cœur veut offrir, alors faites attention à ne pas vous entourer de personnes qui ne cherchent qu'à recevoir. Il est parfois nécessaire d'oser prendre la parole lorsqu'une personne que vous aimez vous fait du mal, et il faut faire confiance à votre raisonnement si elle fait quelque chose que vous n'approuvez pas. Si vous restez bien ancrée dans votre corps, votre cœur vous guidera toujours sur le chemin à suivre, il vous dira ce que vous devez faire et comment y parvenir.

Faites attention à ne pas accorder trop d'importance à l'opinion des autres. Même s'ils ont de bonnes intentions, une opinion qui ne vient pas de vous ne vaut rien par rapport à la force de votre propre cœur. Faites confiance à cette sagesse et vous vous retrouverez exactement là où vous devez être.

LA LUMIÈRE

Le vert est la couleur de la guérison, une couleur de développement positif et de créativité, sans être nécessairement artistique. Une personne à l'aura verte est une personne qui aime, qui est compatissante, empathique, nourricière, créative, proche de la nature, une figure maternelle pour les enfants, les plantes, les animaux et les autres.

L'OMBRE

La face sombre de l'aura verte est l'intériorisation et l'assimilation des sentiments des autres. Comme il vous est très facile de ressentir les émotions chez les personnes qui vous entourent, vous pouvez parfois vous retrouver à les incarner littéralement. Les personnes à l'aura verte se préoccupent trop de ce dont les autres ont besoin pour se faciliter la vie ; elles s'investissent trop dans la vie des autres et ont souvent du mal à être présentes dans la leur. Dans leur côté le plus sombre, les personnes à l'aura verte ont un penchant pour les ragots.

Bains verts

BAIN DE LA LOUVE ATTENTIVE

BAIN DE MERCURE RÉTROGRADE

BAIN DE L'EMPATHIE

BAIN DE L'ESPOIR

BAIN D'UNION AVEC LA NATURE

BAIN POUR DEVENIR MA PROPRE GUÉRISSEUSE

BAIN DE L'ÂME SŒUR

Bain de la Louve Attentive

TERRE, NORD, CAPRICORNE, VERSEAU, HIVER	TISANE IDÉALE : MÉLISSE, ROSE ET BASILIC

Je me suis réveillée un matin alors que la lune brillait toujours dans le ciel. Je l'ai regardée et j'ai ressenti une profonde gratitude envers mes ancêtres et les grandes expériences qu'ils ont vécues, qui ont abouti à ma présence ici, maintenant. J'ai senti le poids de la sagesse que j'ai héritée d'eux et j'ai compris comment m'en servir pour avancer. C'est une réalisation aussi ancienne que la vie elle-même : lorsque nous sommes présents et conscients, nous sommes protégés, à l'instar d'une louve qui nourrit ses louveteaux tout en restant aux aguets. Ce bain sert à célébrer l'intuition. Fêtons un nouveau départ en nous rappelant tout ce qui l'a précédé.

Ingrédients

2 mugs de sel rose de l'Himalaya

Une casserole de tisane de mélisse

Quelques gouttes d'eau de rose

1 mug de poudre de fruit du dragon

1 mug de lait de coco

1 mug de roses aciculaires fraîches ou séchées

1 mug de feuilles de basilic fraîches

1 mug de fruits rouges surgelés

10 gouttes d'huile essentielle d'orange douce et 10 gouttes d'huile essentielle de patchouli

Un cristal de quartz rose

Rituel

1. Placez tous les ingrédients dans l'eau du bain, chauffée à votre convenance.
2. Allumez une bougie avec votre intention bien présente dans votre cœur.
3. Entrez dans le bain.
4. Placez le cristal de quartz rose n'importe où sur votre corps.
5. Soyez bien présente dans l'instant. Imprégnez-vous de l'énergie des odeurs, des couleurs et des sons de votre bain. Imprégnez-vous de l'énergie de la vigilance.
6. Quand vous avez fini votre bain, soufflez la bougie. Offrez toutes les plantes utilisées à la terre pour la remercier.

Bain de Mercure rétrograde

AIR, EST, SAGITTAIRE, AUTOMNE	TISANE IDÉALE : ORTIE, MÉLISSE ET AVOINE

On a beaucoup reproché à Mercure rétrograde d'être responsable de l'échec de nos plans et de nos attentes. Mais si on essaye de suivre son élan, cela peut être un très bon moment pour mettre en lumière les habitudes et manies qui ne nous servent plus vraiment.

Mercure rétrograde nous secoue vraiment lorsque l'on tente de fuir, que ce soit par le biais d'un voyage, d'un nouveau projet ou en nous concentrant sur nos écrans pour éviter de regarder dans les yeux les mauvaises habitudes qui nous sont révélées.

Au lieu d'essayer d'avancer, c'est une période parfaite pour vous laisser porter par la vie. Résolvez tous vos problèmes en suspens et installez-vous confortablement dans l'instant présent. C'est un bon moment pour réfléchir et remplir votre journal, et pour une introspection qui vous permettra de trouver les réponses cachées à vos plus importantes questions.

Mercure rétrograde peut déclencher des épisodes d'anxiété et de dépression même chez les personnes les plus équilibrées. Il est important d'accepter ces émotions, car c'est parfois grâce à l'inconfort que nous apprenons notre leçon. Mercure rétrograde nous rappelle qu'il faut oublier nos douleurs et blessures passées. On commence alors à comprendre que, tant que l'on s'accroche à nos vieilles rancunes et à nos colères, on se laisse la possibilité d'être blessée. En fait, nous sommes la seule personne à blâmer pour nos blessures. Finalement, n'est-ce pas nous que nous devons pardonner ?

Nous traversons les difficultés qui nous sont nécessaires pour grandir. Si vous avez plus de dix-sept ans et que vous avez toujours du mal à pardonner vos parents pour votre éducation, dites-vous que, peut-être, votre sage esprit avait choisi vos parents car ce sont les personnes qui vous offriraient toutes les leçons que vous devez apprendre dans cette vie. Vous pouvez presque tout pardonner en étant reconnaissante de la sagesse que vous avez acquise. La colère, la haine et l'intolérance ne vous feront que souffrir. Il faut comprendre pour pardonner, pardonner pour compatir, et compatir pour aimer.

Ce bain est conçu pour vous aider à trouver la force d'accepter ce qui vous est révélé.

Ingrédients

Une casserole de tisane d'ortie

10 gouttes d'huile essentielle d'orange douce et 5 gouttes d'huile essentielle de cèdre

Une poignée de feuilles de lierre

Une labradorite

Rituel

1. Placez tous les ingrédients dans l'eau du bain, chauffée à votre convenance.
2. Couvrez-vous de terre (je vous conseille un masque à l'argile bentonite).
3. Fabriquez un bâton de fumigation avec de la sauge blanche, placez-le dans un récipient résistant au feu et allumez-le. Envoyez la fumée vers votre corps grâce à une plume que vous avez ramassée.
4. Entrez dans le bain et plongez la tête sous l'eau.
5. Placez la labradorite sur le centre de votre cœur.
6. Fermez les yeux.
7. Dans votre esprit, visualisez toutes les personnes qui vous ont fait du mal au cours de votre vie. Qui êtes-vous prête à pardonner ? Essayez de comprendre leurs actions et pourquoi elles vous ont blessée. Éprouvez de la compassion pour elles. Pensez aux leçons que vous avez tirées d'elles. Remerciez-les pour tout ce qu'elles vous ont appris, puis libérez-les dans l'amour. Pardonnez-les. Pardonnez-vous d'avoir dû ressentir de telles expériences pour apprendre une leçon.
8. Prenez une grande inspiration et accueillez toute révélation dont vous pourriez avoir besoin.
9. Détendez-vous et imprégnez-vous du soin que vous avez créé.

Bain de l'Empathie

EAU, OUEST, CANCER, VERSEAU, PRINTEMPS	TISANE IDÉALE : JASMIN, TILLEUL ET ROSE

Si les personnes à l'aura verte ont bien une qualité, c'est la compassion. Elles sont très douées pour éprouver de l'empathie et pour se mettre à la place des autres. Cela peut même se révéler être un inconvénient pour elles ; elles peuvent avoir besoin de s'isoler des autres et de leur énergie intrusive. Les gens très empathiques doivent se montrer vraiment très forts. Vous vous demandez pourquoi ? Parce que le monde a besoin d'eux, peut-être aujourd'hui plus que jamais. Nous avons besoin de vous tous qui ressentez toutes les émotions afin de voir les choses de votre point de vue. Vous et votre capacité à compatir êtes là pour tous nous guider vers une conscience collective. Vous êtes là pour nous rappeler que tout ce que nous faisons, disons et pensons a un effet sur la conscience collective. Pourquoi pensez-vous être aussi sensible ? Pensez-vous vraiment que cet incroyable don est là pour vous affaiblir et vous isoler ?

Et si l'empathie se transformait en générosité et que vous commenciez à partager tout ce dont vous êtes témoin, tout ce que vous ressentez ? Partager ces émotions avec ne serait-ce qu'une personne pourrait pousser cette dernière à vous confier ce qu'elle a appris grâce à vous. Votre empathie pourrait se développer, encore et encore.

C'est pour cela que j'essaye de ne pas me vexer lorsque des gens copient mon travail. Parfois, des personnes copient ma marque, mes paroles, ou se comportent comme si elles avaient inventé le concept du rituel de bains qu'elles offrent. Cela ne me dérange pas si ce qu'elles partagent se rapporte à l'amour. Je ne suis pas là pour m'en attribuer tout le mérite, mais pour partager et diffuser un message d'amour. Si vous lisez ces mots, je pense que c'est aussi votre cas, alors mettons-nous au travail !

Ce bain a pour but de vous aider à éprouver davantage d'empathie.

Ingrédients

1 mug de sel de mer rose de l'Himalaya

3 cuillères à soupe d'algue bleu-vert

1 mug de lait de coco

Des roses roses fraîches

5 gouttes d'huile essentielle de gardénia et 5 gouttes d'huile essentielle de jasmin

Des cristaux de quartz rose et d'émeraude

Rituel

1. Placez tous les ingrédients dans l'eau du bain, chauffée à votre convenance.
2. Allumez une bougie.
3. Fabriquez un bâton de fumigation de foin d'odeur, placez-le dans une coupelle résistante au feu et allumez-le. Dirigez la fumée vers votre corps grâce à une plume que vous avez ramassée.
4. Entrez dans le bain et plongez la tête sous l'eau.
5. Placez le cristal de quartz rose sur votre cœur.
6. Posez vos mains sur le cristal.
7. Encouragez votre cœur à ressentir toutes les émotions qui le traversent. Pleurez, si vous en ressentez le besoin ; c'est comme ça que votre esprit se purifie.
8. Demandez à votre temple sacré intérieur de vous guider et de vous apprendre ce que vous devez apprendre.
9. Détendez-vous et imprégnez-vous du pouvoir de l'amour que vous avez créé.

Bain de l'Espoir

EAU, EST, POISSONS, BALANCE, GÉMEAUX, PRINTEMPS	TISANE IDÉALE : PISSENLIT, ORTIE, FEUILLES ET FLEURS DE VIOLETTE

Quand j'avais dix-sept ans, je me suis prise de passion pour la méditation zen. Je me réveillais à 4 heures tous les matins pour compter mes respirations, marcher et méditer. Je me sentais vraiment au calme dans cette simplicité et ce vide. La philosophie zen consiste en partie à ne rien attendre. C'est un concept que je comprenais parfaitement. On ne peut pas être déçue si l'on n'attend rien. Cette notion était une véritable libération pour moi. Je me suis plus tard rendu compte que je trouvais cette idée tellement réconfortante car je traversais alors le divorce très compliqué de mes parents et qu'il me fallait trouver seule un endroit où vivre. À peu près au même moment, il y avait une exposition de William Blake au Metropolitan Museum of Art. Ses peintures et ses mots m'ont ensorcelée. Il avait écrit : « Je n'ai pas le droit à l'espoir. ». Je me rappelle le choc que j'ai ressenti en voyant mes émotions parfaitement retranscrites par cet artiste. Mon père venait juste de remplacer notre famille par une nouvelle, et il détestait les tatouages ; alors, comme la rebelle de signe Scorpion que je suis, je me suis fait tatouer cette citation dans le dos.

Ce que je ne comprenais pas, c'est que l'espoir et l'attente sont deux choses extrêmement différentes. L'attente peut mener à la déception, mais parfois il ne nous reste que l'espoir auquel nous raccrocher. L'espoir était un sentiment toujours présent en moi, comme j'ai dû vivre seule très jeune. J'espérais qu'un inconnu serait généreux et me donnerait de l'argent pour me payer un ticket de métro afin de pouvoir me rendre à un entretien d'embauche pour un poste qui m'intéressait. J'espérais qu'un ami verrait à quel point j'avais faim et me proposerait de me faire à manger. J'espérais qu'un jour mon père redevienne mon père. J'espérais tout le temps, mais je n'attendais jamais rien. Lorsque les choses que j'espérais arrivaient, j'étais agréablement surprise.

Quand je repense à l'époque à laquelle je me suis fait tatouer, je me rends compte que l'espoir est ce qui m'a permis de traverser cette période difficile. Après quelques années avec cette phrase inscrite sur mon dos, j'ai réalisé qu'elle ne me correspondait plus. J'étais prête à recevoir les cadeaux que la vie avait à m'offrir. J'étais libre de toute attente, mais pleine d'espoir. J'ai fait recouvrir ces mots par le tatouage du vent, qui est un symbole de transformation.

Et vous savez quoi ? Mon père a bel et bien fini par revenir dans ma vie. Quand ma fille est née, il s'est révélé être un fantastique grand-père et j'ai maintenant des relations satisfaisantes avec mes deux parents. Je les considère comme des personnes ; ils font ce qu'ils doivent faire pour se développer. J'ai arrêté de penser qu'en tant que parent il faut savoir tout gérer, car cette idée me décevait à chaque fois. Je suis reconnaissante envers ces moments difficiles car ils ont fait de moi la personne que je suis aujourd'hui.

Si vous vous sentez perdue, comme si on vous avait rejetée, et désespérée, sachez que vous n'êtes pas seule. Vous êtes un élément essentiel à la conscience collective. Sans vous, il y aurait un vide. Vous êtes peut-être en train de vivre une douloureuse perte, mais l'espoir est toujours là si vous le cherchez. Si vous ne parvenez pas à le trouver, observez la nature. À la fin du long silence de l'hiver, la Terre et toutes ses créatures sont pleines d'espoir pour le retour du printemps, le sourire du soleil, le chant de la vie. Vous aussi, vous allez bientôt briller et chanter de nouveau. Ce bain vous rappellera que peu importe l'obscurité de la nuit, la lumière finira toujours par revenir. Infusez votre aura avec la couleur verte, la couleur de la guérison et de l'espoir. Laissez ce bain vous redonner un coup de jeune.

Ingrédients

1 mug de sel rose de l'Himalaya

1 mug de lait de chanvre

1 mug de jus vert (idéalement avec des feuilles de pissenlit)

Une casserole de tisane d'ortie

Des branches et des feuilles d'olivier

4 gouttes d'huile essentielle de cèdre et 10 gouttes d'absolu de rose, mélangées à 3 cuillères à soupe de miel

Un cristal de quartz rose et un de jade

Rituel

1. Placez tous les ingrédients dans l'eau du bain, chauffée à votre convenance.
2. Allumez une bougie.
3. Fabriquez un bâton de fumigation avec du cèdre séché, placez-le dans un récipient résistant au feu et brûlez-le. Utilisez une plume que vous avez ramassée pour diriger la fumée vers votre corps.
4. Entrez dans le bain et plongez la tête sous l'eau.
5. Chantez n'importe quelle chanson qui vous réconforte.
6. Laissez le chant purifier votre âme.
7. Laissez l'eau vous porter et vous soutenir.
8. Laissez les cristaux vous rappeler à quel point la terre vous aime.
9. Imprégnez-vous du soin que vous avez créé.

Bain d'Union avec la Nature

TERRE, NORD, TAUREAU, ÉTÉ	TISANE IDÉALE : ORTIE, TRÈFLE VIOLET, ROSE ET PISSENLIT

Même lorsqu'elles vivent en plein centre-ville, les personnes à l'aura verte trouveront toujours un moyen de rester en lien avec la nature. Comme elles éprouvent énormément d'empathie, elles ont souvent besoin de s'échapper dans la nature afin de se recentrer et de laisser la douceur de l'air, de l'eau et de la terre purifier leur esprit. Une simple plante verte sur le bord de la fenêtre de votre appartement vous aidera à vous rappeler cette vérité : vous êtes la nature ! La terre est votre corps, l'air votre souffle, l'eau votre sang et le feu votre esprit. Vous ressentez peut-être une connexion avec les cristaux car ils font écho aux minéraux présents dans votre corps et vous rappellent que vous aussi, vous faites partie de cette magnifique Terre. Nous prenons soin de notre corps comme nous prenons soin de la Terre. Lorsque vous traversez une période où vous ne mangez pas sainement et faites moins de sport, essayez de voir si vous avez tendance à utiliser plus de plastique ou à faire plus de choses qui blessent la planète. Plus nous avons conscience que nous sommes la nature, plus nous prenons soin d'elle.

Quand nous parlons de nous recentrer, nous parlons en fait d'un retour aux sources, d'un retour à la vérité de nos origines, un retour à la terre. Ce bain doit vous aider à vous rappeler votre véritable identité. Enchaînez-le avec une promenade à l'extérieur.

Ingrédients

De l'argile rouge, mélangée à de l'argile bentonite et de la poudre de graviola, de la poudre d'ortie ou du matcha

1 mug de sel noir de lave

1 mug de pétales de rose roses

1 bouquet de romarin frais

10 gouttes d'huile essentielle de rose et 10 gouttes d'huile essentielle de romarin

Tous vos cristaux non solubles

Rituel

1. Mélangez l'argile et les poudres avec de l'eau de source pour fabriquer une pâte épaisse.
2. Couvrez votre corps de la tête aux pieds avec ce mélange.
3. Si vous le pouvez, sortez à l'extérieur nue, couverte du mélange. Tenez-vous au soleil. Lorsque la pâte commence à sécher, frottez-la pour l'enlever ; elle formera une poudre fine et exfoliante. Vous réaliserez à quel point ce rituel vous recentre et vous éveille.
4. Si vous ne pouvez pas sortir à l'extérieur couverte de boue verdâtre parce que vos voisins seraient persuadés qu'une apocalypse zombie a démarré, préparez le bain pendant que l'argile sèche.
5. Placez tous les ingrédients dans l'eau du bain, chauffée à votre convenance.
6. Allumez une bougie.
7. Fabriquez un bâton de fumigation de sauge blanche, placez-le dans un récipient résistant au feu et brûlez-le. Dirigez la fumée vers votre corps à l'aide d'une plume que vous avez ramassée.
8. Entrez dans le bain et plongez la tête sous l'eau.
9. Posez les cristaux sur votre corps en suivant votre intuition.
10. Chantez ces paroles (dont l'auteur est inconnu) :

La terre est mon corps.

L'eau est mon sang.

L'air est mon souffle.

Et le feu est mon esprit.

11. Prenez dix profondes inspirations pour vous recentrer.
12. Détendez-vous et imprégnez-vous du soin que vous avez préparé.

Bain pour devenir sa propre Guérisseuse

TOUS LES ÉLÉMENTS, TOUTES LES DIRECTIONS, TOUS LES SIGNES, TOUTES LES SAISONS

TISANE IDÉALE : MÉLISSE, BRUNELLE COMMUNE, ORTIE, TILLEUL ET VERGE D'OR

LA BONTÉ EST PLUS IMPORTANTE QUE LA SAGESSE, ET ADMETTRE CELA EST LE DÉBUT DE LA SAGESSE.

— Theodore Isaac Rubin

Il est aisé pour les personnes à l'aura verte de se connecter à leur propre énergie de soin. Invitez cette couleur dans votre aura lorsque vous cherchez à vous soigner par vos propres moyens. Nous sommes tous des guérisseurs, car nous avons tous en nous le pouvoir de l'amour. Pensez aux émotions que vous éprouvez lorsque vous vous occupez d'un animal que vous adorez ou de vos jolies plantes. Cette émotion, c'est le pouvoir de l'amour.

Il faut faire attention à ne pas donner ce pouvoir à de faux guérisseurs. Vous n'avez pas besoin qu'on vous répare, car vous n'êtes pas brisée. Quand vous consultez un guérisseur, rappelez-vous qu'il ne peut partager que ce qu'il perçoit ; vous devez toujours analyser les informations que l'on vous donne par le biais de votre intuition. N'imaginez pas que quelqu'un d'autre en sait plus que vous juste parce qu'il porte une tenue impressionnante et déclame des choses profondes. Si vous finissez par aller voir quelqu'un pour vous guérir, la première chose à faire est de voir si c'est une personne aimante et bienveillante. Comment traite-t-elle les personnes autour d'elle ? On reconnaît un vrai guérisseur non pas à ce qu'il dit, porte, mange ou boit, mais à sa capacité à saisir toutes les chances d'agir avec bonté. Si vous voulez pouvoir soigner les autres, montrez l'exemple en vous occupant de vous-même. Ayez le courage d'écouter votre sagesse, même si vous avez peur d'être jugée. Cela poussera les autres à se soigner par leurs propres moyens. Soyez un modèle d'amour et de bonté. Vous êtes déjà si sage. Faites confiance à votre cœur avisé ; avec le temps et un peu de patience, vous finirez par découvrir ce dont vous avez besoin pour guérir.

Si vous ne savez pas par où commencer, soyez déjà douce avec vous-même. Sortez faire une promenade en pleine nature aussi souvent que possible, surtout lorsque vous vous sentez triste ou dépassée. Sentez l'air frais, le soleil sur votre peau et la terre sous vos pieds faire leur travail de guérison. L'étape suivante consiste à ne plus avoir peur de réfléchir objectivement à votre passé. Vous avez déjà sûrement vécu des choses qui peuvent vous aider à comprendre comment vous vous retrouvez ici, aujourd'hui. Il y a des leçons à tirer de chaque événement, et vous pouvez choisir d'utiliser ces leçons pour grandir. Laissez la nature, votre enfant intérieur et le monde autour de vous vous inspirer. Stimulez votre créativité avec des petits gestes, par exemple en vous préparant un repas que vous n'avez encore jamais cuisiné.

Ce bain vous aidera à accueillir la puissance de votre guérisseuse interne. Vous n'avez pas besoin d'une quelconque harmonisation, d'une certification ou d'un diplôme particulier pour guérir. Vous avez seulement besoin du pouvoir de l'amour présent en vous.

Ingrédients

1 mug de sel de mer rose de l'Himalaya

1 cuillère à soupe d'algue bleu-vert

Un mélange dans un sachet en tissu de mélisse, de brunelle commune, d'ortie, de tilleul et de verge d'or

1 mug de lait de graines de citrouille

Des pétales de rose roses

Des chrysanthèmes roses

Un cristal de quartz rose et plusieurs cristaux de roche

Rituel

1. Placez tous les ingrédients dans le bain, chauffé à votre convenance.
2. Allumez une bougie.
3. Fabriquez un bâton de fumigation avec de la sauge blanche, placez-le dans un récipient résistant au feu et allumez-le. Dirigez la fumée vers votre corps avec une plume que vous avez ramassée.
4. Entrez dans le bain et plongez la tête sous l'eau.
5. Connectez-vous à l'énergie présente dans votre cœur. Visualisez une lumière vert et doré en émaner : cette lumière porte le pouvoir de l'amour. Imaginez cette lumière s'infiltrer dans tout votre corps depuis votre cœur, descendre dans vos bras et arriver jusqu'à vos mains.
6. Ressentez le pouvoir de l'amour battre dans vos mains. Laissez votre intuition les guider pour qu'elles reposent là où elles le désirent.
7. Laissez vos mains se déplacer autour de votre corps et le pouvoir de l'amour vous guérir.
8. Détendez-vous et imprégnez-vous de la magie et du soin que vous avez créés.

Bain de l'Âme Sœur

EAU, SUD, SCORPION, AUTOMNE	TISANE IDÉALE : FRUIT DE LA PASSION, CYNORHODON, VIOLETTE, ROSE SAUVAGE ET CENELLE

Le vert est la couleur à mobiliser lorsque vous appelez l'amour de votre vie, car le vert est la couleur de la guérison et du développement ; si vous le laissez faire, l'amour vous guérira. Évidemment, il vous blessera aussi, vous posera des problèmes et vous gênera, car c'est parfois ce dont vous avez besoin pour grandir. Lorsque vous appelez l'amour de votre vie, invitez aussi le pouvoir de l'amour. Je vais à nouveau vous rappeler d'être prudente lorsque vous confiez exactement ce que vous désirez à l'univers. Soyez ouverte. Le véritable amour n'apparaît pas toujours comme on l'attend. Il n'aura peut-être pas la carrière que vous auriez aimé ou l'apparence que vous désiriez, mais il sera tout de même la personne qui vous aimera plus fort que vous ne puissiez l'imaginer.

Quelques mois après une horrible rupture, mes amis ont voulu me donner un canapé. Quand ils sont passés le déposer, ils étaient accompagnés d'un de leurs amis (c'était le plus bel homme que j'aie jamais vu). Lorsque celui-ci s'est assis sur le canapé et a commencé à me parler, j'étais si nerveuse que je ne pouvais même pas le regarder. Une fois qu'ils sont partis, un de mes amis m'a demandé si je m'étais rendu compte que le bel homme m'avait draguée. J'étais pour le moins choquée. Une minute, il m'avait... draguée ? Moi ?

Quelques jours plus tard, après être venu à une cérémonie d'ayahuasca à laquelle je l'avais invité, il m'a écrit un poème, à la main et sur du beau papier : il faisait huit pages et contenait des détails que personne ne pouvait connaître de moi. J'étais alors au mariage d'un ami, donc il m'a lu le poème au téléphone et l'a ensuite laissé dans ma boîte aux lettres. Quand je suis rentrée, j'ai découvert qu'il était accompagné de l'image d'une fille en plein sommeil, avec un lion veillant sur elle. Trois jours plus tard, nous avons eu notre premier rendez-vous. Il s'est assis à côté de moi sur la banquette d'un restaurant vietnamien, s'est tourné vers moi et m'a dit qu'il ne sortirait plus avec personne d'autre, qu'un jour il m'épouserait, et qu'il attendrait aussi longtemps que je le souhaitais. Ça me convenait tout à fait. Après seulement quatre jours ensemble, avant même d'avoir une relation sexuelle avec lui, je lui ai demandé d'emménager avec moi, comme la Scorpion impulsive que je suis.

Il a passé les huit mois suivants à me prouver à quel point il m'aimait. Un week-end où j'étais absente, il a redécoré tout mon appartement, exactement selon ce que je lui avais décrit comme décoration idéale. Il a peint tout mon studio de yoga/centre de soins holistiques, et il a loué une place de parking (ce qui est la chose la plus romantique qu'on puisse faire à New York).

Il m'a emmenée visiter les châteaux de son pays, les Pays-Bas, faire du shopping à Paris avant de dîner dans un restaurant étoilé au sommet de la tour Eiffel. Peu importe la ville dans laquelle nous nous trouvions ou ce que nous faisions, nous nous arrêtions toujours pour nous asseoir sur un banc, au milieu d'un pont ou dans un café juste pour nous regarder, comme si nous ne parvenions pas à croire que nous nous étions retrouvés dans cette vie.

Après ces huit premiers mois, je suis tombée enceinte de notre fille, et ça a été (jusque-là) le plus beau jour de ma vie. J'ai dû fermer mon studio de yoga et mon centre de soins holistiques car ils avaient du mal à être à nouveau bien fréquentés, à cause des rumeurs malveillantes que mon ex-compagnon répandait, mais aussi parce qu'il n'était plus possible pour moi de travailler douze heures par jour, sept jours par semaine, surtout en étant enceinte. J'ai vécu la fermeture de mon affaire comme la mort d'un proche. Mais j'ai traversé cette période difficile avec le soutien émotionnel et financier de cet homme qui ne souhaitait qu'une chose : m'aimer et s'occuper de moi.

Lorsque vous appelez l'amour de votre vie, assurez-vous de ne rien faire pour empêcher cette personne de vous approcher. Avez-vous tendance à développer des sentiments pour des gens qui habitent loin de vous ? Vérifiez que vous ne vous entichez pas de personnes qui vous sont inaccessibles parce que vous faites tout pour vous empêcher de tomber amoureuse et de potentiellement souffrir. Restez-vous aux côtés d'une personne juste pour ne pas vous sentir seule ? Cette personne pourrait bien être une porte fermée à votre véritable amour. Prenez le risque de vous sentir seule ; vous apprendrez ainsi à vous connaître et à vous aimer. Cela vous aidera à trouver une personne qui se connaît et qui s'aime, ce qui permettra ensuite de développer une relation saine et équilibrée. Cela fait-il longtemps que vous n'avez fréquenté personne ? Vérifiez que vous pouvez faire confiance aux autres, que vous pouvez vous faire confiance à vous-même. Avez-vous l'impression de toujours rencontrer les mauvaises personnes ? Essayez de voir ce qui relie toutes ces personnes, et si cette énergie est aussi présente en vous. Vous rencontrez peut-être des personnes avec le même genre de complexes car il s'agit de quelque chose que vous devez vous-même affronter.

Les mots « âme sœur » mettent-ils trop de pression sur une relation ? C'est en tout cas ce que je pense. Il est déjà assez difficile de s'ouvrir aux autres. Lorsque l'on se met à chercher des signes que l'on a trouvé son âme sœur, on en attend déjà trop de cette relation. Peut-être que vous avez en effet toujours été ensemble, incarnation après incarnation, mais vous venez de vous rencontrer dans cette vie pour découvrir quelque chose d'autre. Laissez à cette relation la chance de garder sa nouveauté et de se révéler une connexion profonde et belle.

Tout se résume à ceci : si nous voulons que quelqu'un nous aime vraiment, il faut d'abord apprendre à nous aimer. Une fois que nous avons franchi ce pas, nous dégageons l'énergie de l'amour. Ce bain est conçu pour ouvrir la porte à votre véritable amour.

Ingrédients

2 cuillères à soupe de poudre de fruit du dragon

Un mélange dans un sachet en tissu de fruit de la passion, de cynorhodon, de violette, de rose sauvage et de cenelle

1 mug de lait de coco

1 mug de jus de fraise

Des pétales de rose roses, rouges et blancs

Les feuilles d'un bouquet de basilic frais

Des feuilles d'eucalyptus

10 gouttes d'absolu de rose, 5 gouttes d'huile essentielle de tilleul et 5 gouttes d'huile essentielle d'encens, mélangées à 2 cuillères à soupe de miel

Un cristal de quartz rose et un cristal de roche

Idéalement : des feuilles de violette fraîches

Rituel

1. Placez tous les ingrédients dans l'eau du bain, chauffée à votre convenance.
2. Allumez une bougie.
3. Fabriquez un bâton de fumigation de palo santo, placez-le dans une coupelle résistante au feu et brûlez-le. Dirigez la fumée vers votre corps à l'aide d'une plume que vous avez ramassée.
4. Purifiez votre aura avec une baguette de sélénite.
5. Entrez dans le bain et plongez la tête sous l'eau.
6. Demandez à l'eau de vous montrer ce que vous faites peut-être inconsciemment et qui vous empêche de rencontrer l'amour de votre vie.
7. Demandez à l'eau de vous transmettre la patience et la confiance que cette personne arrivera au bon moment pour vous, ni trop tôt ni trop tard.
8. Tenez le cristal de quartz rose et demandez-lui de vous apprendre à vous aimer vous-même.
9. Tenez le cristal de roche et demandez-lui de vous enseigner le pouvoir de la confiance, la confiance en l'amour, en la vie et en vous-même.
10. Détendez-vous et imprégnez-vous de la magie et du soin que vous avez préparé.

Bleu

Le bleu peut avoir de très nombreuses significations dans l'aura. Chaque nuance est particulière. Par exemple, le turquoise représente la confiance que l'on éprouve lorsque l'on se connaît soi-même. Le bleu ciel indique une personne très ouverte et amicale. Le bleu cobalt signifie une connexion profonde à l'esprit et une personne qui peut sentir ou communiquer avec les esprits. L'indigo est un bleu avec tellement de particularités qu'il nécessite sa propre section. Même si les personnes à l'aura bleue sont très ouvertes, le bleu est aussi la couleur de la déprime. Comme les personnes à l'aura bleue sont des gens très honnêtes, elles peuvent être déprimées si elles ne vivent pas leur vérité.

LA LUMIÈRE

Les personnes à l'aura bleue sont très douées en communication car elles savent écouter. Elles s'intéressent naturellement aux autres, et sont tellement ouvertes d'esprit qu'elles essayeront tout ce qu'elles peuvent. Elles ont leur propre conception de la spiritualité. Même si elles grandissent avec une certaine religion, elles auront une façon particulière d'interpréter ce qu'elles entendent et les expériences qu'elles vivent. Peu importe ce que l'on peut leur dire, les personnes à l'aura bleue se fieront toujours à leur vérité propre avant de croire quoi que ce soit.

L'OMBRE

Comme elles accordent énormément d'importance à la vérité, les personnes à l'aura bleue se méfient souvent des autres et peuvent paraître suffisantes si elles ne font pas attention. Même si ce sont des personnes à l'esprit ouvert, elles peuvent se montrer très critiques et avoir des conceptions très précises de ce qui est juste ou non. La dépression est la part la plus importante de l'ombre des personnes bleues.

Bains bleus

BAIN DE L'HONNÊTETÉ

BAIN DES ESPRITS GUIDES

BAIN DES ESPRITS À NAÎTRE

BAIN DE LA COMMUNICATION AVEC L'AU-DELÀ

BAIN DE L'ÉPANOUISSEMENT

BAIN DE L'AFFRANCHISSEMENT

BAIN DE LA FOI

Bain de l'Honnêteté

AIR, EST, SCORPION, CANCER, LION, PRINTEMPS

TISANE IDÉALE : MÉLISSE, CITRONNELLE, SUREAU ET ORME ROUGE

Invitez la couleur bleue dans votre aura lorsque vous avez l'impression d'avoir du mal à être honnête envers vous-même. Nous résistons tellement au changement que nous restons souvent dans une position ou une situation qui ne nous est plus d'aucune utilité. Être honnête envers nous-mêmes sur nos sentiments peut nous conduire au changement, et le changement amène la douleur ; nous préférons donc continuer à ignorer la vérité en espérant qu'elle ne se fasse pas trop entendre. Utiliser des excuses spirituelles comme « C'est à cause de la lune que j'ai agi comme ça » n'est pas non plus la solution. Au lieu de fermer les yeux ou d'éviter nos propres sentiments, préférons la confrontation, que ce soit avec nous-mêmes ou avec nos proches, afin de pouvoir grandir.

Quand j'avais la vingtaine, je fréquentais depuis longtemps un homme qui ne se connaissait pas, et ce sous plus d'un aspect. Il ne connaissait même pas son propre nom. Dans le cadre de cette relation, j'avais plus le rôle d'une mère que d'une partenaire. Je le soutenais émotionnellement et financièrement, en travaillant douze heures par jour, sept jours par semaine dans mon studio de yoga. Lorsque je rentrais à la maison, j'étais accueillie par des odeurs de bière et d'herbe, et des chiens qui avaient désespérément besoin d'être sortis. Je savais bien que cette relation n'avait rien de sain, mais je ne voulais pas le blesser ; je me suis donné des excuses spirituelles et je me suis concentrée sur ce qu'il y avait de bien dans notre couple. Je vivais dans le mensonge. Vers la fin de notre relation, je ne pouvais plus me trouver près de lui sans contracter la mâchoire.

Un jour, les mots « C'est fini » sont tout simplement sortis de ma bouche. Je n'arrivais plus à retenir cette vérité. Je lui ai dit qu'il devait apprendre à se connaître, et que notre relation nous empêchait tous les deux d'évoluer. Je lui ai dit que j'avais besoin d'un partenaire fier de lui-même et qui n'aurait pas besoin d'utiliser des substances pour se voiler la face. Il a tout pris quand il est parti – mes meubles, mes vêtements, *tout*. Et je l'ai laissé faire car je culpabilisais ; il allait maintenant devoir s'occuper de lui-même. Il a essayé de causer ma perte et de faire couler mon affaire en disant à tous mes amis, mes voisins et mes clients que je l'avais quitté pour quelqu'un d'autre, car il avait peur que je dise aux gens la véritable raison de notre rupture. Je me suis empêchée de le détester pour tout ça – je savais à quel point il avait peur. À la place, je me suis dit que la vérité me libérerait. Les gens se rendraient compte que je n'avais pas de nouveau compagnon et ils pourraient bien croire ce qui leur plairait.

Après avoir exprimé ma vérité et m'être libérée de cette relation toxique, j'ai vécu la meilleure période de ma vie. J'ai épousé un homme magnifique et je me suis autorisée à être aimée, pour de vrai. Grâce à cette énergie, j'ai donné naissance à ma fille et j'ai reconstruit mon entreprise de guérison. Non seulement la vérité m'a libérée, mais elle m'a permis de prendre mon envol.

Si vous avez l'impression d'être coincée ou de ne plus avancer dans votre vie, essayez de voir si vous êtes en harmonie avec votre vérité. Ce bain est conçu pour vous donner le temps de faire cette vérification et de prêter attention à ce qui est vrai, pour vous.

Ingrédients

1 mug de sel d'Epsom

Un mélange dans un sachet en tissu de mélisse, de molène, de sureau et d'orme rouge

5 gouttes d'huile essentielle de citronnelle et 10 gouttes d'huile essentielle de lavande mélangées à 1 mug de lait de coco

2 cuillères à soupe de Blue Majik

Des pétales de rose blancs, des bleuets, des hortensias bleus et des violettes

Des pierres roulées de turquoise, d'apatite bleue et de larimar

Idéalement : du myosotis

Rituel

1. Placez tous les ingrédients dans le bain, chauffé à votre convenance.
2. Allumez une bougie.
3. Fabriquez un bâton de fumigation de palo santo, posez-le dans un récipient résistant au feu et allumez-le. Utilisez une plume que vous avez ramassée pour diriger la fumée vers votre corps.
4. Entrez dans le bain et plongez la tête sous l'eau.
5. Posez les cristaux sur votre cœur, le haut de votre ventre et juste en-dessous de votre nombril.
6. Fermez les yeux.
7. Demandez à l'eau de vous rappeler qui vous êtes.
8. Demandez à l'eau de vous donner le courage d'admettre votre vérité.
9. Imprégnez-vous du soin que vous avez fabriqué.

Bain des Esprits Guides

TERRE, EST, TOUS LES SIGNES, AUTOMNE	TISANE IDÉALE : PIN BLANC ET ROSE SAUVAGE

Les esprits guides sont les énergies des plantes, des animaux, des étoiles, de nos ancêtres, des anges et des êtres multidimensionnels qui nous guident et nous protègent. Je pense que tout le monde a des esprits guides, qui se manifestent parfois lors des Lectures holistiques avec des messages pour mes clients. Durant la partie cérémoniale des Lectures, ils font tout pour transmettre leur amour, leur pouvoir de guérison et leurs soins. En fait, pendant la cérémonie, je n'ai même pas l'impression de faire quoi que ce soit ; j'ai l'impression de recevoir plus que d'offrir. Les guides de mes clients se manifestent et saisissent avec joie l'occasion de travailler avec eux.

Quand je regarde l'aura de quelqu'un, les esprits guides sont presque toujours bleu cobalt. Selon leur position, je peux savoir s'il s'agit d'ancêtres, d'anges, d'animaux ou d'autres choses.

L'un des superpouvoirs qui viennent avec votre capacité à vous soigner seule est de rencontrer vos esprits guides même sans Lecture holistique. Ce bain tout simple pourra vous y aider.

Ingrédients

1 mug de sel (n'importe quel type)

Au moins 1 mug de romarin frais ou séché (s'il est séché, mettez-le dans un sachet en tissu)

½ mug de thym frais ou séché (s'il est séché, mettez-le dans un sachet en tissu)

Du basilic frais ou séché (s'il est séché, mettez-le dans un sachet en tissu)

1 mug de mûres et de myrtilles mixées avec 3 mugs de lait, 1 cuillère à soupe de miel et 1 cuillère à soupe d'extrait de vanille

10 gouttes d'huile essentielle de lavande

De l'eau lunaire (pour l'obtenir, placez un verre d'eau pure sur un rebord de fenêtre durant une pleine lune pour qu'elle s'imprègne de la lumière du satellite)

Tous les cristaux non solubles que vous possédez (si possible ceux que vous avez vous-même ramassés)

1 concombre frais en tranches

Rituel

1. Ajoutez chaque ingrédient à l'eau de votre bain en offrande à vos guides.
2. Allumez une bougie.
3. Fabriquez un bâton de fumigation avec un bâton de cannelle, placez-le dans une coupelle résistante au feu et allumez-le. Envoyez la fumée vers votre corps à l'aide d'une plume que vous avez ramassée.
4. Entrez dans le bain et plongez la tête sous l'eau.
5. Placez la paume de vos mains à la surface de l'eau.
6. Fermez vos yeux et entamez une méditation.
7. Plongez-vous au cœur de vous-même, là où personne d'autre ne peut aller.
8. Invitez vos esprits guides à vous y rencontrer, les uns après les autres.
9. Présentez-vous et posez-leur des questions, comme si vous rencontriez un nouvel ami.
10. Remerciez-les pour tout ce qu'ils font pour vous.
11. Soyez patiente, vos guides se manifesteront peut-être pendant le bain mais ils peuvent aussi arriver plus tard, dans vos rêves ou en vision.
12. Prenez le temps après votre bain ou après votre rencontre avec vos guides de noter leurs caractéristiques ou ce qu'ils vous ont transmis.

Bain des Esprits à naître

EAU, OUEST, GÉMEAUX, PRINTEMPS

TISANE IDÉALE : TRÈFLE VIOLET, CYNORHODON, FEUILLES DE FRAMBOISIER ET ORTIE

Parfois, quand des personnes viennent pour des Lectures holistiques, je vois les enfants qu'elles auront un jour, leurs futurs enfants adoptifs et les enfants qui les guident sur le plan spirituel ; malheureusement, je vois aussi les enfants qu'elles ont eus ou qu'elles ont perdus. Je vois tout cela, qu'elles me parlent d'enfants ou non. Quand on ne me parle pas spécifiquement d'avoir un enfant, j'en révèle très peu. Mais parfois l'esprit de l'enfant qui veut arriver pour cette personne se manifeste avec tant de force que je me dois d'en parler. Je vérifie si elle se trouve au bon moment dans sa vie pour recevoir cette révélation, et j'avise.

Les esprits à naître guident souvent leurs futurs parents à faire les choix de vie nécessaires à leur conception. Je ne suis donc pas surprise lorsqu'une cliente vient par exemple me voir en disant qu'elle a l'impression d'être coincée et qu'elle sent qu'elle doit quitter son emploi, et que je vois un esprit à naître juste à côté de sa tête. Cette âme attend juste le bon moment pour arriver. Comme il peut être très long de réussir à débloquer ce processus, et que la conception elle-même peut prendre du temps, je vois de nombreuses personnes découragées qui pensent mal s'y prendre. Mais je suis sûre qu'il s'agit juste de l'esprit du bébé qui tente d'inculquer à ses futurs parents la notion de patience.

Les esprits à naître sont parfois nos ancêtres, qui reviennent vers nous pour avoir une chance de grandir à nos côtés. Cela dépend évidemment de la personne, mais quand une femme fait une fausse couche, j'ai l'impression que c'est comme ça que l'esprit à naître annonce qu'il arrive et qu'elle doit se préparer, ou bien qu'il se prépare à naître, mais que l'énergie de ses parents ne correspond pas encore tout à fait à ce qu'il attend. Malheureusement, la spiritualité n'explique pas toujours tout et les fausses couches peuvent arriver sans explication.

Perdre un enfant cause une souffrance inconcevable. Lorsque je reçois des clientes qui ont vécu ce genre de perte, je découvre souvent que l'esprit du bébé était un de leurs ancêtres ou l'âme d'une personne avec des affaires non résolues. Ce bain de pieds vous aidera à établir une connexion avec votre esprit à naître pour lui demander de vous guider afin que vous remplissiez ses besoins.

Ingrédients

1 mug de sel d'Epsom

Un sachet en tissu de tisane de camomille

Un cristal de quartz rose

Des pétales de rose blancs

Des écorces d'orange

Quelques gouttes d'huile essentielle de lavande

Rituel

1. Placez tous les ingrédients dans le bain de pieds.
2. Allumez une bougie.
3. Mettez vos pieds dans le bain.
4. Purifiez votre aura avec une baguette de sélénite.
5. Fermez les yeux.
6. Entrez dans un état méditatif.
7. Invitez votre esprit à naître à vous envoyer un signe de la leçon que vous devez apprendre.
8. Soyez prête à recevoir ces signes dans la semaine qui suivra le bain de pieds.
9. Recommencez ce bain de pieds une fois par semaine jusqu'à avoir l'esprit clair.

Bain de la Communication avec l'au-delà

FEU, SUD, GÉMEAUX, VERSEAU, BÉLIER, ÉTÉ	TISANE IDÉALE : FLEUR DE POIS BLEU ET SUREAU

Nous préférons tous nous cantonner aux choses et personnes qui nous sont familières, mais cela ne nous empêcherait-il pas de forger des connexions qui nous aideraient à grandir ? Le bleu est une couleur très spirituelle. C'est souvent la couleur des esprits qui apparaissent. Et si la peur de nous connecter et de communiquer nous empêchait d'échanger avec les guides et les gardiens qui sont là pour nous aider ?

Les personnes à l'aura bleue sont douées pour communiquer et pour s'ouvrir aux inconnus qu'elles rencontrent. Elles peuvent même, souvent, communiquer avec les esprits ; ce sont des médiums nés. Si vous possédez des dons médiumniques, c'est-à-dire que vous pouvez entrer en contact avec les esprits et recevoir leurs messages, vous vous devez d'utiliser ce don pour faire le bien. Aidez les esprits à quitter ce plan de l'existence, transmettez les messages importants issus de ce grand mystère. Essayez de ne pas avoir peur des esprits qui vous approchent. Lorsque des gens meurent mais n'en sont pas conscients, ce qui peut arriver en cas d'overdose, de meurtre ou de suicide, ils restent bloqués quelque part entre la troisième dimension et l'au-delà jusqu'à ce qu'ils comprennent qu'ils sont bel et bien morts. Ils peuvent rester à l'endroit où ils sont décédés ou suivre leurs proches. Ce sont des fantômes. On me demande souvent quoi faire concernant les fantômes qui se trouvent dans une maison ou qui suivent une personne. Ceux qui me posent ces questions ont peur de ces fantômes et veulent les forcer à partir, mais je ne pense pas que ce soit une bonne chose inutile. Cela ajoute juste à la confusion des fantômes, qui pensent être encore en vie. Ces derniers doivent se dire : « Mais pourquoi cette personne me demande de quitter ma propre maison ? » et se vexer jusqu'à commencer à embêter les vivants, en déplaçant des meubles ou en les réveillant au milieu de la nuit par exemple. Il arrive parfois qu'on emménage dans une maison où les fantômes sont déjà particulièrement sinistres : cela peut être dû au comportement des habitants précédents de la maison, ou au fait qu'il s'agissait de personnes déjà sinistres de leur vivant. Dans tous les cas, si vous voulez faire quelque chose concernant les fantômes autour de vous ou dans votre maison, agissez avec douceur.

Brûlez de la sauge, ouvrez une fenêtre et dites-leur gentiment, avec compassion, qu'ils sont morts. Dites-leur qu'il est temps pour eux de passer dans l'au-delà, que la sauge les guidera. Amenez-les à la fenêtre et libérez-les.

Fiez-vous à votre intuition pour communiquer avec vos guides, vos gardiens, vos anges et vos ancêtres à travers votre corps émotionnel. C'est là le pouvoir des personnes à l'aura bleue : elles sont si connectées à leur corps émotionnel que cela les lie aussi à leur intuition. En un sens, nous sommes tous des médiums lorsque c'est nécessaire : nous parvenons à créer des œuvres d'art ou des repas délicieux, ou nous trouvons les mots justes pour une personne endeuillée. Les proches que vous avez perdus vous enverront des signes que vous seule pouvez interpréter, par exemple un faucon dans le ciel ou d'autres choses qui vous feront vous souvenir d'eux. Ces signes sont pour eux un moyen de dire qu'ils vont bien, qu'ils se trouvent dans un endroit agréable et qu'ils vous aiment toujours.

Le bleu, comme le vaste océan, comme le vaste ciel, est une couleur réceptive. C'est la couleur de la capacité à voir les choses selon une autre perspective, tout en restant conscient de soi. Pour être un bon communicant, il faut avant tout savoir écouter, assimiler ce que l'autre parti a dit et comprendre sa logique. Le bleu est une couleur fantastique à inviter dans votre aura lorsque vous voulez pouvoir partager ce qui se cache au plus profond de vous. Quand vous vous sentirez assez courageuse pour vous exposer aux yeux des autres, ce bain pourra vous apporter du soutien.

Ingrédients

1 mug de sel d'Epsom

De la poudre de pois bleu dans un sachet en tissu

Des pétales de rose jaunes

Des granules d'encens

3 gouttes d'huile essentielle d'encens, 3 gouttes d'huile essentielle de mélisse et 3 gouttes d'absolu de rose mélangées à 1 mug de lait et 1 mug de miel

Une turquoise

Rituel

1. Placez tous les ingrédients dans l'eau de votre bain, chauffée à votre convenance.
2. Allumez une bougie.
3. Purifiez votre aura avec une baguette de sélénite.
4. Entrez dans le bain et plongez la tête sous l'eau.
5. Mobilisez l'énergie du martin-pêcheur et du morpho bleu.
6. Demandez aux animaux, aux plantes, aux pierres et à l'eau de vous aider à vous débarrasser de la peur que vous éprouvez à l'idée de communiquer.
7. Détendez-vous et imprégnez-vous de la magie que vous avez créée.

Bain de l'Épanouissement

EAU, OUEST, BALANCE, AUTOMNE	TISANE IDÉALE : FLEUR DE POIS BLEU, ROSE SAUVAGE ET CITRONNELLE

VOUS ÊTES NÉ AVEC UN POTENTIEL. VOUS ÊTES NÉ POUR LA BONTÉ ET LA CONFIANCE.
VOUS ÊTES NÉ AVEC DES IDÉAUX ET DES RÊVES. VOUS ÊTES NÉ POUR RÉUSSIR.
VOUS ÊTES NÉ AVEC DES AILES. VOUS N'ÊTES PAS FAIT POUR RAMPER, ALORS NE RAMPEZ PAS.
VOUS AVEZ DES AILES. APPRENEZ À LES UTILISER ET ENVOLEZ-VOUS.

— Rumi

Il est parfois difficile de ne pas se laisser couler dans un moule, que ce soit de notre propre fait ou à cause des autres. Pire encore, les gens ont peur des personnes libres. C'est pour ça que, pendant des siècles, les femmes qui avaient établi une connexion avec leur nature sauvage divine ont été exécutées pour sorcellerie. Beaucoup d'entre nous portons le poids spirituel de ces vies antérieures, la souffrance d'être chassée ou exilée pour avoir osé être différente. Aujourd'hui, nous restons dans les clous, nous colorons sans dépasser et nous restons cachées dans notre moule confortable.

Mais est-ce là la vie que nous devons vivre ?

En restant ouverte à l'idée que les choses n'ont pas toujours qu'un aspect, vous en apprendrez beaucoup sur notre monde, sur les autres et sur vous-même.

Comment pourriez-vous vous connaître et vous faire confiance si vous n'arrivez pas à vous ouvrir et à chanter votre parole ?

Ce bain doit vous aider à sortir des sentiers battus.

Ingrédients

1 mug de sel d'Epsom

Un mélange dans un sachet en tissu de fleurs de pois bleu, de rose sauvage et de citronnelle

½ pastèque en tranches

Des pétales de rose rouges

Une pincée de poudre de mica

Des cristaux de quartz roses

10 gouttes d'absolu de rose

Idéalement : des feuilles de vigne

Rituel

1. Placez tous les ingrédients dans l'eau du bain, chauffée à votre convenance.
2. Allumez une bougie.
3. Fabriquez un bâton de fumigation avec du palo santo, déposez-le dans un récipient résistant au feu et brûlez-le. Dirigez la fumée vers votre corps avec une plume que vous avez ramassée.
4. Entrez dans le bain et plongez la tête sous l'eau.
5. Respirez profondément dix fois pour vous purifier en poussant un soupir à chaque expiration.
6. Passez votre corps en revue pour relever des sensations différentes, mais ne cataloguez pas ces dernières comme bonnes ou mauvaises.
7. Laissez ce processus vous conduire à la méditation.
8. Détendez-vous et imprégnez-vous de l'énergie réceptive que vous avez créée.

Bain de l'Affranchissement

EAU, OUEST, VERSEAU, AUTOMNE	TISANE IDÉALE : EUCALYPTUS

Nous avons tous, à un moment ou à un autre, été bourreau ou victime. Pour tout dire, à chaque fois que nous émettons un jugement, que ce soit envers nous-mêmes ou envers quelqu'un d'autre, nous devenons un bourreau. Les gens se servent des réseaux sociaux et de la télé-réalité comme canalisateur, mais il existe aussi des personnes qui le font pour des raisons morales. À une époque où nous cherchons déjà à nous débarrasser d'une honte collective, cela peut nous pousser à avoir encore plus peur de nous faire remarquer. Et si les autres interprétaient mal mon comportement ? Et si je disais quelque chose de mal ?

Je veux que vous preniez conscience du fait que nous faisons trop attention à ce que les gens font apparaître sur les réseaux sociaux, et pas assez aux gens qui se trouvent avec nous et à leurs paroles. Lorsque quelqu'un lance en personne des paroles que nous trouvons déplacées, nous pouvons rassembler notre courage et le lui faire remarquer. En face. C'est ainsi que nous nous aidons mutuellement à grandir. En personne. Renouons avec notre environnement, avec le présent. Ensemble, nous pouvons grandir. En personne.

Ce n'est pas parce que quelqu'un poste tous les jours des photos de son joli chat qu'il ne fait pas de son mieux pour aider les autres. Peut-être qu'il ne partage pas cet aspect de lui-même en public, mais ça n'empêche pas ses actions d'avoir un impact positif.

Beaucoup de gens, malgré l'image que renvoient les réseaux sociaux, font de leur mieux. Guidons-nous les uns les autres.

Alors vous, le redresseur de torts, qui avez bien un objectif et un rôle à jouer, vous voulez sûrement bien faire, mais vous devez vous assurer que les personnes que vous poursuivez sont bien responsables du mal que vous combattez. C'est là que nous devons nous affranchir de notre jugement, des étiquettes et de nos préjugés sur les autres. Quand parviendrons-nous enfin à acquérir la sagesse de notre ombre collective afin d'apprendre à nous aimer les uns les autres ? Regardez plus loin que les croyances, l'apparence, l'origine des autres, ce à quoi ils s'identifient, ce qu'ils portent, mangent ou postent en ligne. Notre but n'est-il pas de rectifier les erreurs de nos ancêtres en assimilant et en appliquant la sagesse que cette famille humaine a acquise ? Quand apprendrons-nous à nous aimer les uns les autres ? Il nous faut comprendre que, tant que nous continuons à juger les autres, nous sommes une nuisance, même si le jugement est formulé avec de bonnes intentions. Le plus souvent, nous jugeons les autres car nous retrouvons en eux quelque chose de présent en nous. Invitez la tolérance du bleu dans votre aura lorsque vous avez du mal à vous empêcher de juger, que ce soit vous-même ou les autres. Ce bain est conçu pour nous aider à ne pas laisser nos opinions nous gouverner.

Ingrédients

5 mugs de sel d'Epsom

De l'eucalyptus frais ou séché

Des pétales de rose roses

10 gouttes d'absolu de rose

Rituel

1. Placez tous les ingrédients dans l'eau du bain, chauffée à votre convenance.
2. Allumez une bougie.
3. Entrez dans le bain et plongez la tête sous l'eau.
4. Prenez un moment pour écouter la voix de votre jugement, allez même jusqu'à formuler vos opinions à voix haute.
5. Ressentez la vibration des mots que vous avez prononcés.
6. Demandez ensuite à l'eau salée de purifier votre esprit de la douleur causée par ce jugement.
7. Plongez à nouveau la tête sous l'eau.
8. Sortez immédiatement du bain.
9. Durant les jours suivant votre bain, surveillez votre flot de pensées de près. Notez combien de fois vous émettez des jugements chaque jour. Essayez de vous contrôler et répétez ce bain jusqu'à atteindre ce grand moment : lorsque vous devez prononcer à voix haute vos jugements, aucun mot ne sortira.
10. Détendez-vous alors et imprégnez-vous du soin que vous avez préparé.

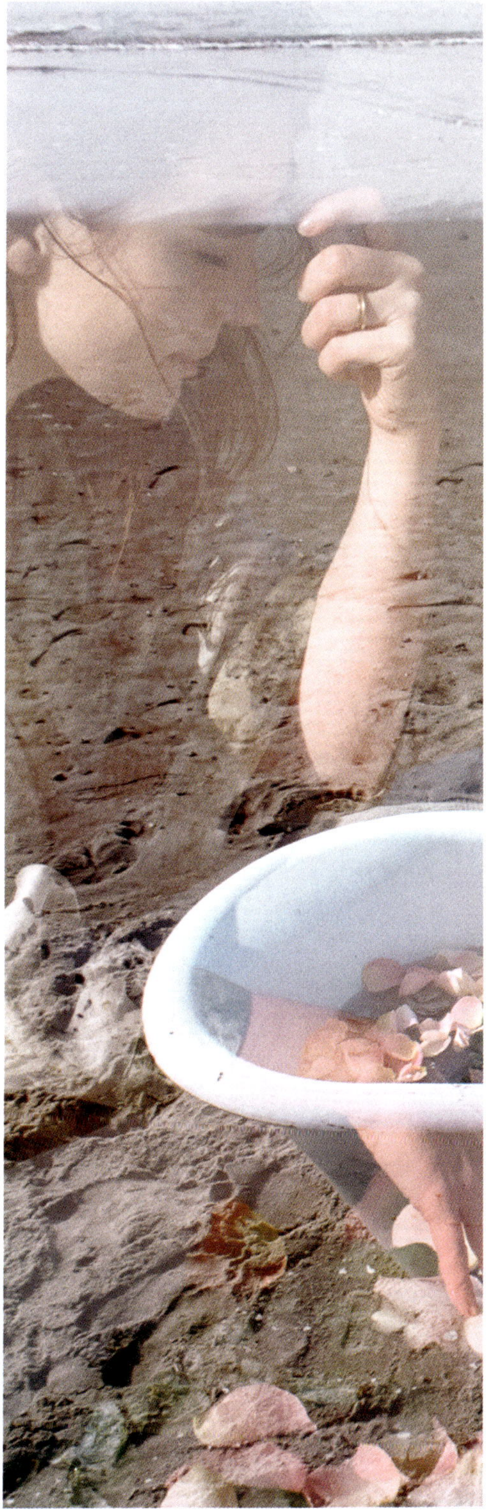

Bain de la Foi

TERRE, OUEST, CAPRICORNE, HIVER	TISANE IDÉALE : ÉCORCE D'ORANGE, PÉTALES DE ROSE ET JASMIN

Pour avoir confiance, nous devons d'abord nous affranchir de notre jugement, de nos doutes et de notre méfiance, envers nous-mêmes et envers les autres. En premier lieu, il faut nous débarrasser de l'illusion de l'existence d'un « autre ». Ensuite, au-delà de toutes nos attentes, nous découvrons que nous pouvons nous ouvrir. Nous pouvons recevoir la grâce et l'abondance qui ont toujours été présentes et attendaient patiemment que nous leur tendions la main après nous être rendues et que nous annoncions être fin prêtes.

Faites confiance aux sensations de votre corps et à vos sentiments. C'est là notre intuition, une chose que nous possédons tous ; les sensations et les émotions que nous ressentons sont la voix de notre guérisseuse intérieure. Elle est toujours présente dans notre cœur grand ouvert et sert de lien entre nous et notre intuition grâce aux émotions. Plus vous suivrez votre intuition, plus elle vous guidera. Écoutez-la. Faites-vous confiance et faites confiance à votre intuition : vous n'aurez alors plus besoin de vous demander si les autres sont dignes de confiance, car vous le saurez immédiatement. Au lieu de douter de vous-même, ayez confiance en votre soin personnel. Soyez votre propre guérisseuse.

Ingrédients

1 mug de sel d'Epsom

2 cuillères à soupe de charbon

2 cuillères à soupe de spiruline

1 mug de lait (quel qu'il soit)

3 oranges en tranches

1 mug de pétales de rose roses

10 gouttes d'huile essentielle de jasmin et 10 gouttes d'huile essentielle d'orange douce

Un cristal d'améthyste

Rituel

1. Placez tous les ingrédients dans l'eau du bain, chauffée à votre convenance.
2. Fabriquez un bâton de fumigation avec un bâton de cannelle, placez-le dans un récipient résistant au feu et allumez-le. Envoyez la fumée vers votre corps à l'aide d'une plume que vous avez ramassée.
3. Entrez dans le bain et plongez la tête sous l'eau.
4. Chantez une chanson qui vous aidera à vous épanouir dans votre corps et dans l'eau.
5. Prenez dix profondes inspirations.
6. Détendez-vous et imprégnez-vous de la magie que vous avez créée.
7. Quand vous avez terminé votre bain et le rituel de nettoyage, prenez dix minutes pour vous allonger en plaçant vos jambes contre un mur, perpendiculaires au sol. Remarquez les sensations que cela vous apporte.

Indigo

J'adore voir de l'indigo dans les auras. Lorsque je reçois une personne avec beaucoup d'indigo pour une Lecture holistique, je fais très attention à ne pas affirmer quoi que ce soit et je me contente d'avoir une conversation et de partager l'énergie avec elle. Les personnes à l'aura indigo peuvent changer la donne : elles sont là pour créer un monde meilleur. Elles ont souvent du mal à supporter les traditions et habitudes dépassées de notre société, et sont très conscientes du fait que tout ce que nous disons ou faisons a un impact sur la conscience collective. Leurs vies antérieures ont énormément d'influence sur elles.

LA LUMIÈRE

Les personnes avec beaucoup d'indigo dans leur aura sont naturellement douées pour enseigner aux autres, même si elles ne choisissent pas de faire carrière dans l'éducation. Elles enseignent en montrant l'exemple. Comme elles ne supportent pas la notion de contrôle, elles ne forcent jamais qui que ce soit à faire quoi que ce soit. Ce sont des rêveuses capables de changer les choses. La confiance compte plus que tout pour elles ; elles garderont toujours vos secrets. Elles seront toujours à l'heure. Quand elles s'ouvrent aux autres, elles le font complètement. Vous n'entendrez que rarement des Indigos prendre part aux commérages. Elles ne supportent pas le mensonge : elles vivent selon leur vérité, peu importe ce qui leur en coûte. Ce sont les personnes à qui s'adresser lorsque vous avez besoin d'un avis honnête.

L'OMBRE

La plupart du temps, les personnes indigo ont vécu de nombreuses épreuves dans leur vie. Cela peut les vieillir malgré leur jeune âge, et les gens ont tendance à mal les comprendre à cause de cela. Dans le cadre d'un groupe, les personnes à l'aura indigo vont presque toujours choisir d'être à l'opposé des autres. Si tout le monde dit la même chose ou se comporte à l'identique, les Indigos iront à contre-courant. Cela rend très difficile pour elles de suivre une éducation ordinaire ou de travailler pour quelqu'un d'autre. Ce sont des personnes qui, parfois, ont l'impression d'être incomprises, et pour être honnête, c'est bien souvent le cas. En conséquence, elles peuvent se révéler très méfiantes des autres.

Bains indigo

BAIN DE LA VÉRITÉ

BAIN DE LA VOIX INTÉRIEURE

BAIN DE RÉGÉNÉRATION

BAIN DE L’INTUITION

BAIN DE LA CONNEXION À L’UNIVERS

BAIN DE LA REBELLE SACRÉE

Bain de la Vérité

TERRE, NORD, CAPRICORNE, LION, SCORPION, VERSEAU, HIVER

TISANE IDÉALE : MÉLISSE, ROSE ET ASHWAGANDHA

Lorsque vous êtes à la recherche de votre vérité, vous n'avez besoin de chercher que dans votre propre présence, dans le pouvoir de l'amour qui bat constamment dans votre cœur. Rien ni personne – ni pendule ou jeu de tarot, ni voyant ou astrologue – ne peut vous dire quel voie emprunter ou ce que vous devez faire, car ils ne possèdent pas votre magie. Vous devez vous lancer en quête de votre raison d'être seule. Mais je peux au moins vous dire ceci : vous êtes là pour donner et recevoir de l'amour. C'est à vous de voir par quel moyen vous y parviendrez, ma belle exploratrice. Bénissez votre voyage en prenant le temps d'être votre propre guérisseuse.

Ingrédients

1 mug de sel rose de l'Himalaya

Une casserole de tisane de mélisse

Une poignée de pétales de rose roses

10 gouttes d'huile essentielle de jasmin

Une turquoise ou une amazonite

D'autres cristaux non solubles

Rituel

1. Placez tous les ingrédients dans le bain, chauffé à votre convenance.
2. Allumez une bougie.
3. Purifiez votre aura avec une baguette de sélénite.
4. Fabriquez un bâton de fumigation de palo santo, placez-le dans une coupelle résistante au feu et allumez-le. Dirigez la fumée vers votre corps avec une plume que vous avez ramassée.
5. Entrez dans le bain.
6. Prenez le cristal de turquoise ou d'amazonite dans votre main gauche et placez vos autres cristaux autour de vous dans l'eau.
7. Respirez à votre rythme en prenant deux inspirations par le nez et en expirant une fois par la bouche.
8. Puisez dans votre rythme, votre cœur et votre vérité.
9. Imprégnez-vous de l'énergie que vous avez générée.

Bain de la Voix Intérieure

AIR, EST, GÉMEAUX, CANCER, BALANCE, HIVER

TISANE IDÉALE : ROSE, ORTIE ET FLEUR DE TILLEUL

Ce bain absorbe l'énergie de l'est pour invoquer le pouvoir de l'écoute. Une écoute profonde vous permettra d'ouvrir de nombreuses portes jusque-là fermées. L'énergie du vent de l'est ouvrira votre cœur aux leçons de la nature qui vous entoure. Le pouvoir du grand mystère nous guide tous.

Lorsque vous avez besoin d'aide pour prendre la parole, la nature vous aidera. Quand vous avez besoin de sentir qu'on s'occupe de vous et de votre santé, elle vous aidera. Prenez ce bain quand vous avez besoin de vous libérer du bruit, de trouver un calme interne et d'appeler votre voix intérieure. Prenez tout votre temps pour ce bain.

Ingrédients

1 mug de sel rose de l'Himalaya

1 mug de lait de coco

Une poignée de pétales de rose blancs

Une pincée de charbon actif

Une labradorite

Rituel

1. Placez tous les ingrédients dans l'eau du bain, chauffée à votre convenance.
2. Allumez une bougie.
3. Fabriquez un bâton de fumigation de sauge, posez-le dans un récipient résistant au feu et allumez-le. Envoyez la fumée vers votre corps grâce à une plume que vous avez ramassée.
4. Entrez dans le bain et plongez la tête sous l'eau.
5. Placez la labradorite sous votre gorge, au-dessus de votre cœur.
6. Fermez les yeux.
7. Fredonnez tout doucement. Laissez le son se déplacer dans votre gorge, dans tout votre cœur, monter dans votre tête et redescendre vers votre cœur.
8. Prenez le temps de vous imprégner du pouvoir de votre vérité.

Bain de Régénération

EAU, OUEST, SCORPION, AUTOMNE	TISANE IDÉALE : BERGAMOTE, ORTIE, ROSE, CALENDULA, BOURRACHE ET BRUNELLE COMMUNE

Nos cicatrices sont comme des souvenirs : elles construisent et tissent l'histoire de nos vies sur la grande toile de nos esprits. Si nous les laissons faire, nos cicatrices peuvent nous faire gagner en sagesse. Elles nous donnent des leçons sur les erreurs que nous ne devons pas reproduire et nous montrent comment être plus attentives. Si nous ne contrôlons pas notre ego, elles peuvent cependant nous empêcher d'avoir confiance en d'autres personnes, en la vie elle-même, et nous rendre méfiantes, voire tellement paranoïaques que nous avons peur que qui ou quoi que ce soit de nouveau entre dans nos vies. Mais nous pouvons aussi laisser cette blessure guérir et avancer. Ce bain est conçu pour vous y encourager.

Ingrédients

1 mug de sel d'Epsom

Un mélange dans un sachet en tissu de thé Earl Grey et de chicon

2 cuillères à soupe de miel

Des fleurs de pissenlit et des feuilles d'armoise

Des cristaux de quartz fumé

Idéalement : du miel de consoude avec de l'huile essentielle de mélisse

Un mélange de brunelle commune, d'achillée millefeuille, de bourrache, de chicorée et de calendula

Des fleurs de souci, de lilas et de myosotis

Du sel bleu de Perse

Rituel

1. Placez tous les ingrédients dans l'eau du bain, chauffée à votre convenance.
2. Fabriquez un bâton de fumigation d'armoise, placez-le dans un récipient résistant au feu et allumez-le. Envoyez la fumée vers votre corps à l'aide d'une plume que vous avez ramassée dans la nature.
3. Prenez une profonde inspiration et invitez votre aînée intérieure et votre sagesse à se manifester.
4. Entrez dans le bain et plongez la tête sous l'eau.
5. Si vous avez des cicatrices sur le corps, prenez le temps de les masser doucement avec vos cristaux de quartz fumé, tout en vous ouvrant à la sagesse et à la vérité qu'elles peuvent vous envoyer. Cela fait partie de votre histoire.
6. Détendez-vous et imprégnez-vous de la magie et du soin que vous avez créés.

Bain de l'Intuition

EAU, OUEST, CANCER, AUTOMNE	TISANE IDÉALE : ORTIE ET RACINE DE PISSENLIT

S'il y a bien une chose pour laquelle les Indigos sont douées, c'est suivre leur intuition. Même si ce ne sont pas les termes qu'elles utiliseront, elles sont les premières à se réveiller d'un sommeil profond avec un sentiment très puissant à propos de quelque chose. Elles feront des changements importants dans leur vie en suivant leur ressenti. Un observateur extérieur pourrait les trouver impulsives, mais cela leur importe peu : elles ne sont pas là pour faire plaisir et se conformer aux normes, elles sont là pour faire bouger les choses. Si vous avez du mal à suivre votre intuition ou même à trouver cette dernière, infuser votre aura avec la couleur indigo pourra peut-être vous aider.

Ingrédients

1 mug de sel de mer

Un mélange dans un sachet en tissu d'armoise, de sauge, de thé vert, de thym et de persil

Une feuille de laurier

Un bulbe de fenouil haché

3 gouttes d'huile essentielle de patchouli et 10 gouttes d'huile essentielle de mélisse

Un lapis-lazuli

Rituel

1. Placez tous les ingrédients dans le bain, chauffé à votre convenance.
2. Fabriquez un bâton de fumigation d'armoise, posez-le dans un récipient résistant au feu et allumez-le. Envoyez la fumée vers votre corps à l'aide d'une plume que vous avez ramassée.
3. Entrez dans le bain et plongez la tête sous l'eau.
4. Prenez dix profondes inspirations les yeux fermés, baissés vers votre cœur.
5. Restez en silence – pas de musique ou de monologue intérieur – et invitez votre intuition à vous montrer comment elle vous guidera.
6. Soyez à l'écoute.

Bain de la Connexion à l'Univers

TOUS LES ÉLÉMENTS, TOUTES LES DIRECTIONS, TOUS LES SIGNES, TOUTES LES SAISONS

TISANE IDÉALE : BASILIC ET ROSE

Peut-être que nous sommes tous sur Terre ici, maintenant, pour nous aider mutuellement à grandir. La lumière que nous percevons chez les autres n'est qu'un reflet de notre propre lumière, tout comme l'ombre que nous voyons en eux. Peut-être que toutes les choses que nous pensons, disons, toutes nos actions ont des répercussions. Notre esprit unique n'est peut-être qu'une goutte dans l'océan de la conscience collective. Nous sommes peut-être ici, en cet instant, pour travailler sur un projet massif tous ensemble. C'est peut-être aussi ce que faisaient nos ancêtres. Nous revenons peut-être, encore et encore, car nous avons toujours des leçons à apprendre.

Lorsqu'un client arrive pour sa première Lecture holistique et que de l'indigo se trouve dans son aura, je sais qu'il peut sentir cette symbiose. Je sais qu'il a des choses à enseigner à la conscience collective. Si vous avez déjà rencontré quelqu'un en ayant le sentiment de l'avoir déjà vu, que vous vous êtes trouvée à un endroit qui vous semblait bizarrement familier, ou que vous avez une impression de déjà-vu, je pense que c'est dû à l'influence de l'indigo dans votre aura. C'est la connexion profonde que vous ressentez avec la conscience collective qui s'exprime ainsi, l'énergie que l'on dit souvent « psychique ». Vous avez peut-être la capacité de voir à travers le temps et l'espace, de voir au travers des yeux des autres et d'entendre les murmures de vérité que nos ancêtres nous soufflent. Vous n'avez peut-être aucun problème à interpréter vos rêves afin de recevoir des conseils pour affronter votre avenir.

Si cette énergie est naturelle pour vous, utilisez-la à bon escient ! Vous êtes là pour enseigner et guider, pour vous concentrer sur le soin que votre sagesse et votre compréhension pourront partager avec la conscience collective. Ce bain vous aidera à puiser dans le sentiment de ne faire qu'un avec l'univers.

Ingrédients

1 mug de sel d'Epsom

De l'armoise dans un sachet en tissu

10 gouttes d'huile essentielle de jasmin, 5 gouttes d'huile essentielle d'orange douce et 5 gouttes d'huile essentielle de bois de santal

Une vitelotte en tranches

Une labradorite

Rituel

1. Placez tous les ingrédients dans l'eau du bain, chauffée à votre convenance.
2. Fabriquez un bâton de fumigation avec de la sauge blanche, placez-le dans une coupelle résistante au feu et allumez-le. Envoyez la fumée vers votre corps à l'aide d'une plume que vous avez ramassée.
3. Entrez dans le bain et plongez la tête sous l'eau.
4. Placez le cristal de labradorite sur votre front.
5. Rappelez-vous votre plus ancien souvenir. Essayez de vous souvenir de ce qui vient avant et après.
6. Essayez de voir s'il existe un lien ou un message similaire entre les différentes versions de chaque souvenir en laissant à votre mémoire la place de se rappeler. Qu'est-ce que vous devez entendre ? Que devez-vous apprendre aux autres ?
7. Détendez-vous et imprégnez-vous de la magie et du soin de la conscience collective.

Bain de la Rebelle Sacrée

EAU, OUEST, SCORPION, AUTOMNE

TISANE IDÉALE : CITRONNELLE, ROSE ET ORTIE

Peu importe nos origines, notre nature humaine nous pousse à nous méfier plutôt qu'à faire confiance aux autres. Ma fille va voir n'importe qui et commence à leur parler, elle n'a peur de rien et a une telle confiance en tout le monde ; j'aimerais qu'elle puisse garder cette franchise, mais je sais qu'il s'agit d'un trait que la plupart d'entre nous perdons vers l'âge de trois ans.
L'une des raisons pour lesquelles les personnes à l'aura indigo ont une telle capacité à accepter et affronter l'ombre et à en tirer des leçons est qu'elles ont vécu de nombreuses péripéties. Leur jeunesse a souvent été plus que tumultueuse, ce qui fait qu'elles ont du mal à faire confiance aux autres. Il leur faut parfois des années avant d'avoir confiance en leur partenaire amoureux. Je ne pense pas qu'il soit sain d'avancer ainsi dans la vie : la clé est d'accepter de voir la part d'ombre des autres, mais de quand même rester ouverte d'esprit. Il faut faire confiance avant de se méfier. C'est l'apogée d'une sage innocence. Restez ouverte à toute nouvelle rencontre ou expérience. Les blessures sont un risque, mais qui sait, cela pourrait aussi se révéler une agréable surprise. Ce bain vous aidera à vous rappeler votre sage innocence.

Ingrédients

1 mug de sel rose de l'Himalaya

De la citronnelle dans un sachet en tissu

Des pétales de rose roses

20 gouttes d'huile essentielle de mélisse et 20 gouttes d'huile essentielle de rose

Un cristal de quartz rose

Rituel

1. Placez tous les ingrédients dans le bain, chauffé à votre convenance.
2. Allumez une bougie.
3. Fabriquez un bâton de fumigation avec du palo santo, placez-le dans un récipient résistant au feu et allumez-le. Avec une plume que vous avez ramassée, envoyez la fumée vers votre corps.
4. Entrez dans le bain et plongez la tête sous l'eau.
5. Placez le cristal de quartz rose sur votre ventre.
6. Ayez confiance en l'eau, pour qu'elle vous soutienne ; dans les herbes, pour qu'elles vous guérissent ; dans le sel, pour qu'il vous purifie ; et dans le cristal, pour qu'il vous embrasse.
7. Imprégnez-vous de l'énergie que vous avez mobilisée.

Violet

Une personne qui comprend bien que sa réalité intérieure crée sa réalité extérieure, qu'elle est une goutte dans le vaste océan de la conscience collective, a le plus souvent du violet dans son aura. Je perçois cette couleur dans les lieux à l'énergie spirituelle très forte, et autour de la plupart des jeunes enfants, ceux qui n'ont pas encore peur d'être eux-mêmes.

Quand je me promène dans certains endroits, par exemple dans d'anciennes forêts, dans un désert, dans les montagnes ou au cœur de ruines où les gens ont beaucoup prié, je vois une teinte violette très vive. C'est pour moi la couleur à appeler dans l'aura pour réussir à se sentir en lien avec l'univers.

LA LUMIÈRE

Les personnes à l'aura violette sont rêveuses et ont toujours de bonnes idées. Elles communient avec l'esprit et possèdent chacune leur propre forme de spiritualité, peu importe leur religion d'origine. Si vous êtes une personne à l'aura violette, vous prenez toujours le temps de prendre une décision et, de manière générale, vous prenez votre temps dans la vie. Le cycle lunaire et les planètes ont beaucoup d'influence sur vous. Vous utilisez les messages que vous recevez du divin dans un processus créatif. J'aime beaucoup observer des mélanges de violet avec d'autres couleurs dans les auras : par exemple, le rouge et le violet entourent souvent les personnes pionnières, celles qui ont un sens des affaires très développé ou les artistes et auteurs doués.

L'OMBRE

L'ombre du violet vous donnera du fil à retordre pour ancrer vos rêves dans la réalité. Il arrive souvent que les idées brillantes que vous gardez pendant des mois, voire pendant des années, restent bloquées dans la sphère céleste. Vous avez tendance à trop apprécier les expériences extracorporelles, comme la marijuana ou les drogues psychédéliques, sans vraiment intégrer le message que vous transmettent ces expériences. À cause des fortes influences spirituelles du violet dans l'aura, une nuance lavande peut indiquer un chagrin, non pas un deuil douloureux au sens de la perte d'un proche, mais une émotion permanente. La chose que vous pleurez peut changer, mais l'émotion est toujours là.

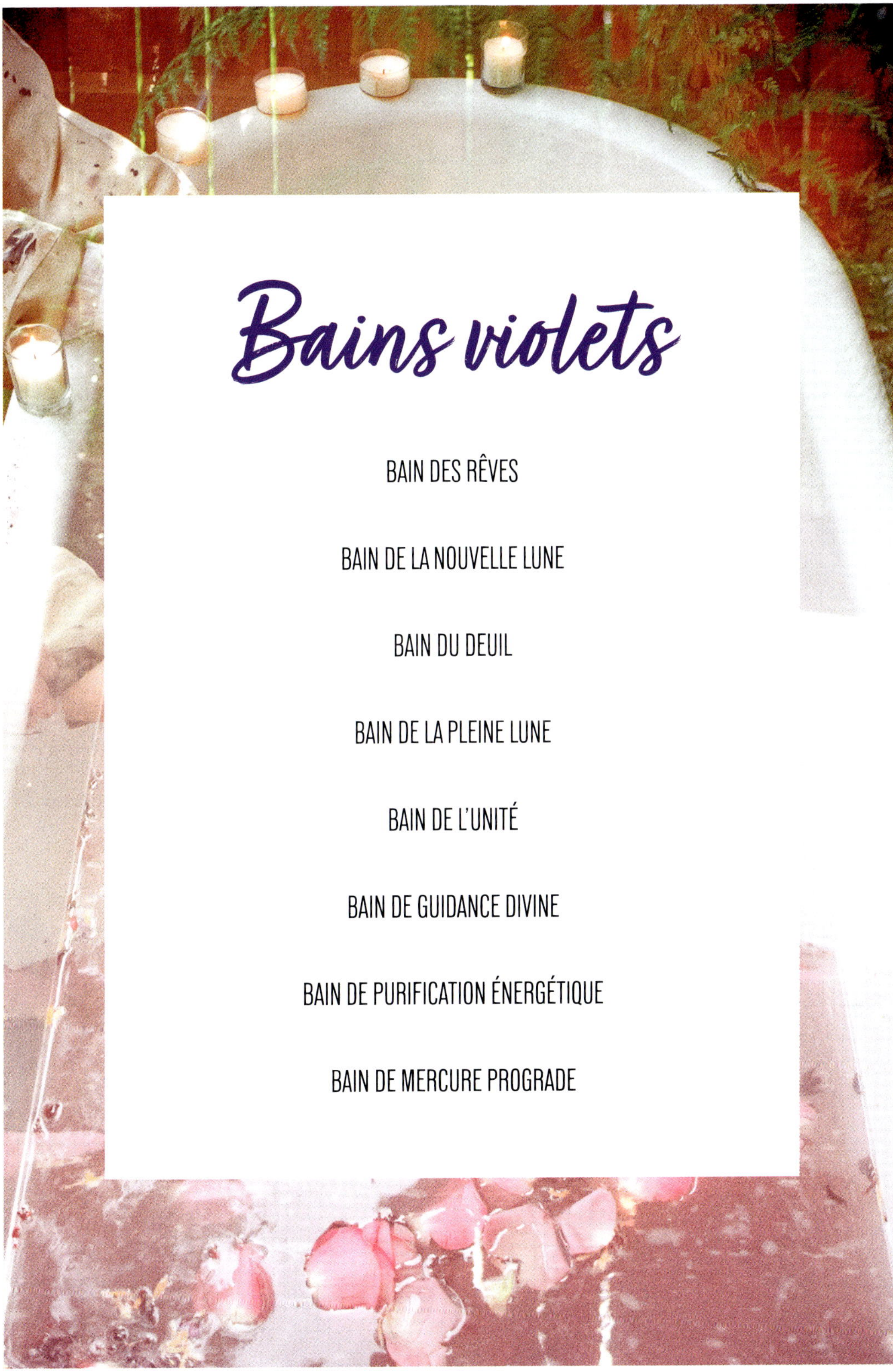

Bains violets

BAIN DES RÊVES

BAIN DE LA NOUVELLE LUNE

BAIN DU DEUIL

BAIN DE LA PLEINE LUNE

BAIN DE L'UNITÉ

BAIN DE GUIDANCE DIVINE

BAIN DE PURIFICATION ÉNERGÉTIQUE

BAIN DE MERCURE PROGRADE

Bain des Rêves

EAU, OUEST, CANCER, HIVER	TISANE IDÉALE : TILLEUL, VIOLETTE ET ROSE

Nous recevons de très nombreux messages dans nos rêves, que ce soit durant notre sommeil la nuit ou lorsque nous nous perdons dans nos rêveries. Si vous avez du mal à rêver dernièrement, essayez de voir si vous n'avez pas pratiqué d'activité qui a volé vos rêves. Si vous fumez – peu importe la substance –, l'esprit de votre poison prendra la place de votre propre esprit lorsque vous essayerez de communiquer avec lui. Regarder trop longtemps la télévision, passer trop de temps devant les écrans ou réprimer vos sentiments pourra aussi vous empêcher de voir vos rêves distinctement. Le rôle de ce bain est de vous aider à vous rappeler vos rêves, et à recevoir les conseils et les soins qu'ils vous transmettent. Prenez-le juste avant d'aller dormir.

Ingrédients

3 mugs de sel d'Epsom

Un mélange dans un sachet en tissu d'armoise, de tilleul, de violette et d'herbe rêveuse (*Calea zacatechichi* [2])

Des pétales de rose blancs et roses

5 gouttes d'huile essentielle de violette, 5 gouttes d'huile essentielle de lilas et 10 gouttes d'huile essentielle de rose

Un cristal d'améthyste et un cristal de quartz lémurien

2. La *Calea zacatechichi* ne doit surtout pas être associée avec un psychotrope, un antidépresseur, en cas de trouble bipolaire et avec d'autres médicaments destinés à la psychiatrie (dont les anxiolytiques), en cas de déprime ou de fragilité. À utiliser avec précaution et parcimonie. L'éditeur dégage toute responsabilité de l'utilisation de cette plante.

Rituel

1. Placez tous les ingrédients dans l'eau du bain, chauffée à votre convenance.
2. Fabriquez un bâton de fumigation avec un bâton de cannelle et du palo santo, placez-le dans une coupelle résistante au feu et allumez-le. Envoyez la fumée vers votre corps à l'aide d'une plume.
3. Entrez dans le bain et plongez la tête sous l'eau.
4. Prenez le quartz lémurien dans votre main droite, placez l'améthyste sur votre corps et un peu d'armoise fraîche et imbibée de l'eau du bain entre vos sourcils.
5. Respirez sept fois en suivant la méthode *ujjayi*[3].
6. Détendez-vous et imprégnez-vous du rêve que vous avez vous-même fabriqué.

3. Technique de respiration issue du yoga pranayama.

Bain de la Nouvelle Lune

AIR, EST, VERSEAU, BALANCE, POISSONS, PRINTEMPS

TISANE IDÉALE : CALENDULA, AVOINE, FEUILLE DE FRAMBOISIER ET MÉLISSE

Parfois, lors de la nouvelle lune, les graines que nous avons plantées s'ouvrent soudainement et l'inspiration nécessaire pour nourrir et faire grandir notre intention déferle. On a alors l'impression d'être complète et que nous ne pouvons plus faire profil bas.

Cela fait dix ans et dix jours que j'écris ce livre. L'idée d'écrire un livre sur les couleurs d'aura m'est venue il y a une dizaine d'années. J'ai commencé à prendre des notes et à coucher sur le papier mes idées. J'étais alors baignée de violet et dans un état rêveur, j'ai laissé les choses se faire lentement. Je savais que les bains joueraient un grand rôle dans ce livre, car je les considère comme la façon la plus simple de prendre soin de soi-même. Quelque temps plus tard, deux agents m'ont contactée afin que je leur envoie un projet de livre pour les *Rituels de bains*. J'ai mis un mois à rédiger le projet, mais je ne l'ai envoyé qu'un an plus tard car j'avais peur. Lorsque j'ai finalement eu le courage de leur donner le projet, ils l'ont adoré, comme mon éditeur. Cet élan positif autour de mon livre m'a donné tellement de courage que j'ai voulu commencer à travailler dessus immédiatement.

Mais quand je me suis assise pour me mettre au travail, j'ai senti que quelque chose clochait. Je n'arrêtais pas de m'agiter et j'étais tout le temps distraite. Je ne me sentais pas bien. Lors de la nouvelle lune de février, j'ai choisi de fixer mon intention sur le courage. Le lendemain, je me suis réveillée en réalisant que je n'arrivais pas à écrire mon livre car l'organisation ne me satisfaisait pas. Le livre devait être organisé selon la couleur, qui est le point d'accès intuitif le plus naturel pour moi et ce sur quoi je travaillais depuis le début. J'ai dû pratiquement tout recommencer. Ce livre tout entier a été écrit en dix jours : je me réveillais tous les jours sans difficulté avant le lever du soleil, au moment où mon esprit communique le plus facilement avec moi. Les mots et les messages filaient

directement de mon esprit au manuscrit. Je n'avais pas peur. J'étais extrêmement inspirée et si complète que je ne pouvais plus faire profil bas.
Ce bain est conçu pour vous aider à établir un contact avec cette sensation d'essor, pour cultiver ce savoir : vous possédez déjà la sagesse dont vous avez besoin. Laissez-vous grandir, comme vous êtes censée le faire.

Ingrédients

1 mug de sel d'Epsom

Un mélange dans un sachet en tissu de calendula, d'avoine, de feuilles de framboisier et de mélisse

1 mug d'argile rouge

Des pétales de rose rouges

Une boule de cuivre

5 gouttes d'huile essentielle d'orange douce et 10 gouttes d'huile essentielle de lavande

Un cristal d'obsidienne, un cristal de quartz lémurien et une labradorite blanche

Rituel

1. Placez tous les ingrédients dans l'eau du bain, chauffée à votre convenance.
2. Fabriquez un bâton de fumigation de palo santo, placez-le dans un récipient résistant au feu et allumez-le. Envoyez la fumée vers votre corps à l'aide d'une plume que vous avez ramassée.
3. Entrez dans le bain et plongez la tête sous l'eau.
4. Placez les cristaux sur votre corps et dans vos mains.
5. Fermez les yeux et suivez une méditation que vous avez vous-même créée.
6. Prenez conscience que les possibilités sont infinies.
7. Imprégnez-vous du soin de ce qui vous inspire.

Bain du Deuil

EAU, OUEST, CANCER, POISSONS, VIERGE, AUTOMNE

TISANE IDÉALE : BRUNELLE COMMUNE, FEUILLE DE VIOLETTE, FLEUR DE TILLEUL ET ORTIE

Je ne suis pas sûre qu'on se débarrasse vraiment un jour du deuil. Je pense plutôt que c'est une chose que l'on vit et qu'on passe le reste de sa vie à essayer de digérer. Aucun deuil n'est négligeable. Si vous le ressentez, vos sentiments sont valides. Même si vous pleurez la perte d'un objet matériel, vos sentiments sont valides. Je perçois un violet pâle et laiteux autour des gens endeuillés. Ils pleurent parfois la mort d'un proche ou la fin d'une relation, la perte d'un travail ou d'un foyer. Prendre le temps de reconnaître son deuil fait partie du processus de guérison.

La dernière fois que j'ai vu le cousin avec qui j'ai grandi, j'ai vu cette teinte lavande autour de lui. Durant son enfance, il a vécu une période longue et traumatique qui l'a hanté des années après. Il s'est tourné vers l'héroïne pour échapper aux ténèbres et à la souffrance. Je l'ai invité à vivre avec nous, et je lui ai proposé de l'emmener en Amazonie, où la phytothérapie sert à guérir l'addiction. Mais il m'a assuré qu'il allait mieux. J'ai voulu lui faire confiance et respecter son intimité. Quand je me suis rendue à ses funérailles, je n'ai pas pu m'empêcher de me dire que c'était ma faute, parce que je n'avais pas insisté davantage. C'était l'occasion pour moi de mettre en pratique ce que j'enseigne ; il fallait que je prenne conscience que cette culpabilité mêlée au deuil était une énergie de l'ombre. Cette ombre est un très bon moyen de gagner en sagesse. Le bain que je partage ici avec vous est celui que j'ai préparé pour sa mère, ma tante, quand je suis allée la voir juste après avoir appris la mort de mon cousin.

Je me rends compte que j'ai dû voir et faire l'expérience de l'ombre afin de pouvoir faire le choix de rester dans la lumière. Ainsi, je peux peut-être être un exemple pour les autres. Je n'ai pas pu sauver mon cousin adoré, mais j'espère que d'autres personnes en pleine souffrance retrouvent un peu d'espoir grâce à mon travail. Je pense qu'il est important de partager certains des aspects les plus difficiles de la vie, car ils font partie de ce qui nous aide à apprécier la beauté, et ce qui nous aide aussi à réaliser ceci : « Vous n'êtes pas seule. Même si je ne vous connais pas, je suis là pour vous. »

Je trouve ça triste qu'il n'y ait pas de place pour le deuil dans notre culture. Dans mon monde idéal, je laisserai chaque personne prendre trois mois, ou mieux, un an, de congés après la perte d'un être cher. Comme ce n'est pas le cas dans la réalité, il est important de trouver des façons de montrer aux gens que nous reconnaissons leur deuil. Pleurez avec eux, soyez présente pour eux. Je sais que cela peut être gênant, que l'on ne sait pas forcément quoi dire ou faire. Même si les personnes endeuillées vous hurlent dessus, elles se rappelleront toujours, par la suite, que vous étiez à leurs côtés durant cette période difficile. Dans cette vie, j'apprends à être plus présente pour les autres. Peut-être qu'il y a quelqu'un pour qui vous pouvez être présente aujourd'hui. Peut-être est-ce vous-même.

Le deuil vient par vague. Il y a des jours où tout va bien, et d'autres où il frappe fort. Ce bain vous aidera à intégrer le deuil ou sinon à mieux vivre la douleur – au moins un peu. Si vous connaissez une personne en deuil, vous pouvez peut-être lui préparer ce bain.

Ingrédients

1 mug de sel d'Epsom

Un mélange dans un sachet en tissu de brunelle commune, de feuilles de violette, de fleurs de tilleul et d'ortie

5 gouttes d'huile essentielle de violette et 5 gouttes d'huile essentielle de jasmin mélangées à 1 mug de lait et 1 mug de miel (quels qu'ils soient)

Des pétales de rose violets et jaunes

Des cristaux de quartz rose et de quartz fumé

Rituel

1. Placez tous les ingrédients dans l'eau du bain, chauffée à votre convenance.
2. Allumez une bougie tout en adressant une prière au proche que vous avez perdu.
3. Fabriquez un bâton de fumigation de palo santo, placez-le dans un récipient résistant au feu et allumez-le. Dirigez la fumée vers votre corps à l'aide d'une plume que vous avez ramassée.
4. Entrez dans le bain et plongez la tête sous l'eau.
5. Prenez plusieurs inspirations profondes pour vous purifier.
6. Accueillez des larmes purificatrices.
7. Imprégnez-vous du soin que vous avez préparé.

Bain de la Pleine Lune

TOUS LES ÉLÉMENTS, TOUTES LES DIRECTIONS, TOUS LES SIGNES, TOUTES LES SAISONS	TISANE IDÉALE : ORTIE, ANGÉLIQUE ET ROSE

Lorsque les voiles s'amincissent et la pleine lune se lève, il nous faut sortir marcher dans la lumière et la conscience de l'amour. C'est à ce moment que nous puisons dans notre nature instinctive et que nous recevons les présages qui se trouvent sur notre chemin. La pleine lune nous dispense de nombreuses leçons. Si nous faisons confiance à l'univers, les présages seront délicats et doux. Plus nous restons enfermées dans notre esprit, absorbées par l'avenir ou obsédées par le passé, plus les présages se feront forts. L'univers veut seulement que nous soyons sauves, protégées et soutenues ; c'est pour ça qu'il nous envoie autant de signes. Ce bain est conçu pour vous aider à trouver assez de calme pour assimiler les présages que vous avez reçus. Vous savez ce que vous devez faire ; vous n'avez plus qu'à trouver le courage de le faire.

Ingrédients

3 mugs de sel d'Epsom

Un mélange dans un sachet en tissu d'ortie et d'angélique

Des feuilles de sauge blanche

1 mug de lait de coco

Des pétales de rose rouges et roses

3 gouttes d'huile essentielle de palo santo

Un cristal d'obsidienne

Rituel

1. Placez tous les ingrédients dans l'eau du bain, chauffée à votre convenance.
2. Allumez des bougies dans la salle de bain.
3. Purifiez votre aura avec une baguette de sélénite.
4. Entrez dans le bain et plongez la tête sous l'eau.
5. Poussez trois longs soupirs.
6. Fermez les yeux et respirez doucement, en rythme, pendant quinze minutes.
7. Imprégnez-vous du soin de la pleine lune que vous avez préparé.

Bain de l'Unité

TOUS LES ÉLÉMENTS, TOUTES LES DIRECTIONS, TOUS LES SIGNES, TOUTES LES SAISONS	TISANE IDÉALE : ROSE, JASMIN, TILLEUL ET VIOLETTE

Si vous cherchez le bonheur, autorisez-vous à être heureuse. Si vous êtes plutôt en quête du sentiment d'appartenance, vous devez vous autoriser à ressentir ce sentiment de connexion. Sortez de votre propre ombre. Arrêtez de vous cacher. Vous êtes belle, alors exprimez votre beauté. Vous êtes forte : accordez-vous le droit de ressentir cette puissance !

Si vous arrêtez de vous retenir, vos anges s'en rendront compte et se réuniront autour de vous pour vous encourager. Laissez votre bon cœur guider vos pas. Soyez reconnaissante pour toutes les naissances dont vous avez été témoin et tous les décès qui vous ont amenée là où vous vous trouvez.

Ma chère, vous n'êtes pas censée avoir l'impression d'être inhibée. Séparez-vous de la conception manichéenne du bien et du mal. Là où se trouve la lumière se trouve aussi l'ombre, c'est une loi universelle. C'est à vous de choisir la lumière, le pouvoir du bonheur. Personne ne pourra le faire à votre place ! Vous n'aurez pas besoin de le dire à qui que ce soit car vos yeux, vos actes et votre présence seront suffisamment éloquents. N'ayez pas peur ; ce changement est une bonne chose. Le changement apporte de la souffrance, mais sachez que cela améliorera vos relations, surtout celle avec le monde que vous vous êtes créé.

Ingrédients

1 mug de sel d'Epsom

1 mug de lait de coco

Des pétales de rose roses

10 gouttes d'huile essentielle de jasmin

Un cristal de quartz rose

Rituel

1. Placez tous les ingrédients dans le bain, chauffé à votre convenance.
2. Fabriquez un bâton de fumigation de sauge blanche, placez-le dans une coupelle résistante au feu et allumez-le. Dirigez la fumée vers votre corps avec une plume que vous avez ramassée.
3. Entrez dans le bain.
4. Inspirez. Vous êtes l'univers. Expirez. Vous êtes l'univers.
5. Respirez l'influence de vos actes sur l'univers. Expirez de la compassion.
6. Détendez-vous et imprégnez-vous de la belle énergie que vous avez générée.

Bain de Guidance Divine

AIR, EST, TOUS LES SIGNES, AUTOMNE	TISANE IDÉALE : TRÈFLE VIOLET, PISSENLIT ET ORTIE, OU UN VERRE DE VIN ROUGE

IL Y A LONGTEMPS VIVAIT UN SAGE MAÎTRE ZEN. DES GENS DE TOUS LES HORIZONS VENAIENT LE CONSULTER ET S'EN REMETTRE À SA SAGESSE. UN JOUR, UN HOMME IMPORTANT, HABITUÉ À COMMANDER ET À ÊTRE OBÉI, VINT LUI RENDRE VISITE. « JE SUIS VENU VOUS DEMANDER DE M'ENSEIGNER LE ZEN. OUVREZ MON ESPRIT AFIN QU'IL VOIE LA LUMIÈRE. » LE MAÎTRE ZEN SOURIT ET ANNONÇA QU'ILS FERAIENT MIEUX DE DISCUTER DE CELA AVEC UNE TASSE DE THÉ. IL VERSA LE THÉ, ENCORE ET ENCORE ; LE THÉ REMPLIT LA TASSE ET FINIT PAR DÉBORDER SUR LA TABLE, JUSQU'À ATTEINDRE LES ROBES DU RICHE HOMME. LE VISITEUR FINIT PAR S'ÉCRIER : « ÇA SUFFIT. VOUS VERSEZ DU THÉ PARTOUT. NE VOYEZ-VOUS PAS QUE LA TASSE EST PLEINE ? » LE MAÎTRE ARRÊTA DE VERSER LE THÉ ET SOURIT À SON INVITÉ AVANT DE RÉPONDRE : « VOUS ÊTES COMME CETTE TASSE DE THÉ, TELLEMENT REMPLI QU'IL N'Y A PLUS DE PLACE POUR QUOI QUE CE SOIT. REVENEZ ME VOIR LORSQUE LA TASSE SERA VIDE. »

— Ancienne histoire zen

Mais comment faire pour vider la tasse ? Lorsque notre tasse spirituelle est pleine, nous sommes fatiguées et nerveuses. Si on ne parvient pas à la vider, elle déborde dans la tasse des émotions, et lorsque celle-ci est pleine à son tour, c'est l'anxiété ou la dépression qui nous guettent. Si on ne peut vider la tasse émotionnelle, elle coule dans l'esprit ; c'est alors notre tasse mentale qui est si pleine que nous pouvons sentir notre esprit occupé dérailler. Si, à son tour, cette tasse déborde, elle atteint le corps, et lorsque la tasse de notre corps est trop pleine, nous tombons malades. C'est la façon dont notre fantastique corps purifie l'énergie pour nous et nous interpelle.

Ce bain vous aidera à prendre un instant pour vider votre tasse afin de vous préparer et de faire de la place pour vos futures intentions.

Ingrédients

1 mug de sel d'Epsom

Des pivoines

1 verre de vin rouge (vous pouvez le remplacer par du vinaigre de cidre)

10 gouttes d'huile essentielle de lavande et 5 gouttes d'huile essentielle de bois de santal

Des cristaux de roche, des rubis et des labradorites

Rituel

1. Placez tous les ingrédients dans le bain, chauffé à votre convenance.
2. Purifiez votre aura avec une baguette de sélénite.
3. Entrez dans le bain.
4. Touchez la surface de l'eau et dites : « Je peux faire de la place car je suis faite d'espace. »
5. Imprégnez-vous de la puissante énergie que vous avez générée.

Bain de Purification Énergétique

AIR, EST, BALANCE, PRINTEMPS	TISANE IDÉALE : VIOLETTE ET HIBISCUS

Parfois, nos barrières énergétiques ne sont pas assez définies et nous avons du mal à savoir où notre propre énergie s'arrête. On se retrouve alors à supporter l'énergie des autres, à se l'approprier et à la laisser nous épuiser. Les personnes sensibles n'ont aucun mal à lire en ceux qui se trouvent près d'elles. Au lieu d'être nous-mêmes, nous avons ainsi la capacité à devenir la personne dont les autres ont besoin et à dire ce qu'ils ont besoin d'entendre. Il nous arrive même de diminuer notre vibration et d'adopter des comportements autodestructeurs pour quelqu'un afin qu'il ne se sente pas seul. Ce sont des démarches qui nous vident de notre énergie.

Nous faisons cela car la guérisseuse pleine de compassion qui se trouve en nous a perçu de la souffrance et estime qu'il est de son devoir de la guérir, ou bien d'aider à la supporter. Mais porter une partie de l'énergie d'une autre personne peut mener à une prise de poids, des irritations cutanées, des problèmes de sommeil, des sautes d'humeur ou un déficit immunitaire. Je pense qu'il n'y a aucune différence entre ce qui nous arrive spirituellement, émotionnellement, mentalement et physiquement. La plupart des déséquilibres viennent du domaine spirituel, puis ils s'infiltrent dans les émotions, l'esprit et enfin le corps. Tout comme nous possédons un système immunitaire présent dans notre corps, nous avons un système immunitaire spirituel. Lorsque notre système immunitaire physique est affaibli, nous devons alors regarder si nous nous investissons dans des relations ou des activités qui drainent notre énergie. Pour que quelque chose déclenche un effet physique, cela fait probablement quelque temps qu'il couve dans notre esprit.

Même lorsque nous nous appliquons à être conscientes et présentes en permanence, il peut nous arriver d'être prises de court, d'être confrontées à des énergies non sollicitées et même de supporter ces dernières. Quand nous purifions notre esprit, nous purifions naturellement notre corps entier. Quand nous purifions notre corps, nous purifions notre esprit. Quand nous purifions notre âme, nous nous ouvrons à la possibilité de recevoir un message pour nous expliquer comment purifier notre esprit et notre corps.

Pendant mon entraînement chamanique en Amazonie, mon professeur m'envoyait souvent des énergies sombres durant les cérémonies afin que j'apprenne à m'en défendre. Malgré tous les talismans et les instruments que j'utilisais, je ne parvenais pas à empêcher les visions sombres et la peur de m'envahir. Je n'arrivais pas à comprendre pourquoi il m'était si difficile de me protéger. Après plus d'un an de ces visions sombres, j'ai fini par me rendre compte que les ténèbres ne venaient pas de l'extérieur : il s'agissait de la peur et de l'énergie sombre que j'avais ignorées et qui se trouvaient en moi. Lorsque les visions et la peur m'ont envahie lors de la cérémonie suivante, je me suis demandé quelle était la chose qui se trouvait déjà en moi. Quel était le don, le talisman qui est en permanence avec moi ? Qu'est-ce qui est plus puissant que la peur elle-même ?

Et j'ai réalisé qu'il s'agissait de l'amour.

J'ai pensé très fort à mes deux chiens, car il s'agissait à l'époque de ce que j'aimais le plus au monde. Ils représentaient ma définition de l'amour. Vous savez ce qu'il s'est passé ? Les visions sombres ont disparu et la lumière et la beauté les ont remplacées.

Pour moi, l'amour est la force la plus puissante, l'énergie la plus précieuse qui existe. Peu importe les obstacles que vous devez franchir, si vous pensez à l'amour, la guérison et l'équilibre récompenseront vos efforts. Rappelez-vous d'être vous-même, de vous connaître, de vous aimer et de vous accepter. Essayez de voir si vous avez peur que l'on vous juge ; l'opinion des autres à votre égard ne vous regarde pas. Arrêtez de vous inquiéter de ce que pensent, ressentent ou font les autres. Soyez la personne que vous devez être et non celle dont ont besoin les autres. Cela vous aidera à avoir confiance en vous et à limiter l'énergie que vous portez comme la vôtre. Vous pouvez purifier votre esprit. Vous pouvez être votre propre guérisseuse. Ce bain pourra vous y aider.

Ingrédients

3 mugs de sel noir de lave

Un mélange dans un sachet en tissu de feuilles et de fleurs de violette, de sauge blanche, d'armoise, de lavande et d'hibiscus

De la poudre de cristal d'améthyste

10 gouttes d'huile essentielle de lavande et 10 gouttes d'huile essentielle d'orange douce

Des pétales de rose violets

Des feuilles et fleurs fraîches de violette

Rituel

1. Placez tous les ingrédients dans l'eau du bain, chauffée à votre convenance.
2. Allumez une bougie.
3. Fabriquez un bâton de fumigation de sauge blanche, placez-le dans un récipient résistant au feu et allumez-le. Avec une plume que vous avez ramassée, envoyez la fumée vers votre corps.
4. Entrez dans le bain et plongez la tête sous l'eau.
5. Concentrez-vous sur ce que vous aimez le plus au monde.
6. Ne vous laissez pas distraire.
7. Ressentez cet amour tournoyer en vous et autour de vous.
8. Imprégnez-vous de la protection purifiante de l'amour.

Bain de Mercure prograde

TERRE, NORD, SAGITTAIRE, HIVER	TISANE IDÉALE : BAIE DE SUREAU, CYNORHODON ET RÉGLISSE

La rétrograde de Mercure peut avoir un effet très fort sur la couleur violette présente en vous. Lorsqu'elle reprend sa course habituelle, acceptez cette transition en la remerciant du repos qu'elle vous a apporté et pour l'importante leçon donnée. Mercure rétrograde peut faire surgir de nombreuses choses en nous. Ce bain vous aidera à purifier, assimiler et digérer les révélations, les émotions et l'indolence que cette période nous apporte parfois et à vous préparer à repartir de l'avant. Il vous aidera à vous reconnecter au flux autour de vous.

Ingrédients

1 mug de sel d'Epsom

1 mug de charbon

Les pétales de deux jonquilles

1 mug de pétales de rose roses

1 cuillère à soupe de poudre de baies de maqui

10 gouttes d'huile essentielle de rose et 10 gouttes d'huile essentielle de romarin

Un cristal de quartz fumé et un cristal d'obsidienne

Rituel

1. Placez tous les ingrédients dans le bain, chauffé à votre convenance.
2. Fabriquez un bâton de fumigation de sauge blanche, placez-le dans un récipient résistant au feu et allumez-le. Dirigez la fumée vers votre corps à l'aide d'une plume que vous avez ramassée.
3. Entrez dans le bain et plongez la tête sous l'eau.
4. Respirez trois fois pour vous purifier, et poussez un soupir à chaque expiration.
5. Dans l'eau, dites « Je me rends » trois fois.
6. Détendez-vous et imprégnez-vous de la puissante énergie que vous avez générée.

Nuances additionnelles

LES NUANCES ADDITIONNELLES APPARAISSENT PLUTÔT COMME DES NUANCES PLUS FORTES QUE LES AUTRES COULEURS DANS L'AURA D'UNE PERSONNE. ELLES SONT AUSSI PLUS RARES.

Argent

BAIN DE LA LUMIÈRE PROTECTRICE

Or

BAIN DU MANDALA RITUEL

BAIN DES VIES ANTÉRIEURES

Magenta

BAIN DE LA NAISSANCE DE L'AMOUR

Argent

Il est rare d'apercevoir de l'argent dans une aura ; il signifie le plus souvent une protection très forte, comme une armure, le genre de protection qui peut se former autour d'une personne qui s'est sentie seule ou mal aimée durant sa vie. Les personnes à l'aura argentée n'ont pas besoin du soutien des autres car leurs guides et leurs gardiens leur fournissent tout l'amour et le soutien dont elles ont besoin. Leur force vient de leur présence, de leur persévérance et de leur patience. Elles partagent avec le monde un soin qui favorise la résistance. Ce sont souvent des personnes qui partagent des histoires de survie, non pas en tant que victime, mais pour exprimer leur endurance.

LA LUMIÈRE

J'aime voir cette couleur autour de ceux qui viennent juste de vivre un traumatisme ou qui sont enfin prêts à guérir d'un trauma passé. Ils se protègent afin de ne plus subir ce genre de souffrance.

L'OMBRE

Avancer dans la vie à l'abri d'une armure signifie aussi ne rien laisser entrer ou sortir. Une aura argent est toujours prête à partir au combat, et aura tendance à attaquer avant de réfléchir.

Bain de la Lumière Protectrice

TERRE, NORD, BÉLIER, HIVER	TISANE IDÉALE : ROSE, ORTIE, CENELLE ET CANNELLE

Et si, au lieu de toujours porter cette lourde armure, vous la remplaciez par une armure de lumière ? Afin que la seule chose qui vienne de vous et vers vous soit la lumière ? Vous n'aurez plus à souffrir, car la lumière, si vous la laissez agir, pourra vous guérir. Grâce à cette nouvelle armure de lumière, la lumière de l'amour pourra vous guérir comme elle l'entend.

Ingrédients

1 mug de sel d'Epsom

2 cuillères à soupe de charbon en poudre

1 cuillère à café de poudre de mica

Des pétales de rose blancs

1 cuillère à soupe d'argent colloïdal

Quelques gouttes d'huiles essentielles de lavande et d'eucalyptus

Idéalement : une fulgurite et des fleurs de pensée bleues

Rituel

1. Placez tous les ingrédients dans l'eau du bain, chauffée à votre convenance.
2. Allumez une bougie.
3. Fabriquez un bâton de fumigation de palo santo, placez-le dans un récipient résistant au feu et allumez-le. Avec une plume que vous avez ramassée, dirigez la fumée vers votre corps.
4. Entrez dans le bain et plongez la tête sous l'eau.
5. Fermez les yeux et appelez vos guides et vos gardiens.
6. Si vous venez juste de traverser une expérience traumatique et êtes encore sensible, demandez à vos gardiens de vous offrir une armure de lumière légère afin de vous protéger pendant votre guérison.
7. Si vous avez l'impression de vous être toujours trop protégée, d'être toujours sur la défensive, demandez-leur de vous aider à ôter votre armure pour la remplacer par de la lumière.
8. Visualisez-vous entourée d'une douce lumière argentée.
9. Détendez-vous et imprégnez-vous du sentiment d'être embrassée et protégée.

Or

Dans l'aura, l'or est la plus importante forme de protection : il entoure une personne à qui il arrive des choses horribles, mais qui parvient à s'en protéger. C'est une personne qui est aimée, non seulement par des êtres de la troisième dimension mais aussi par ses guides et ses gardiens. L'or dans l'aura représente la santé, l'abondance et la confiance.

LA LUMIÈRE

L'or représente, purement et simplement, la protection.

L'OMBRE

Les personnes à l'aura dorée ne se rendent pas toujours compte qu'elles ont le droit à une vie facile, ou bien ne pensent pas la mériter.

Bain du Mandala rituel

EAU, OUEST, LION, ÉTÉ	TISANE IDÉALE : PALO SANTO, CANNELLE ET ROSE

À l'instar du soleil et de la lune, je ne suis qu'un reflet de vous. Vous voyez en moi ce qui est en vous.

La nature peut nous offrir beaucoup d'équilibre si on la laisse faire, par exemple en nous perdant dans la contemplation d'un tournesol tout en ressentant la connexion qui nous lie tous ensemble. Ma belle, vous êtes ce tournesol. Assumez votre beauté ! N'oubliez pas qui vous êtes. Vous êtes l'amour. La lumière que vous percevez est là pour vous encourager, l'ombre pour vous donner des leçons. C'est ça, la conscience collective. Si nous sommes déconnectées individuellement, notre famille humaine le sera aussi. Prenez du temps pour vous et ancrez-vous dans la force de votre douceur. Trouvez les mandalas que nous offre la nature, comme notre sœur la lune et les constellations qui l'entourent. Intégrez leur histoire à votre essence. Ce bain vous aidera à développer l'unité. Quand vous avez terminé, sortez dehors et souriez à un inconnu.

Ingrédients

1 mug de sel d'Epsom

1 mug de sel rouge d'Alae

Un mélange dans un sachet en tissu de palo santo, de safran et de calendula

Des tournesols

1 mug de lait de coco avec 5 gouttes d'huile essentielle d'encens, 5 gouttes d'huile essentielle de palo santo et 5 gouttes d'absolu de rose

1 cuillère à soupe de mica en poudre

Un cristal de quartz rose

Rituel

1. Placez tous les ingrédients dans le bain, chauffé à votre convenance.
2. Allumez une bougie.
3. Fabriquez un bâton de fumigation de copal, placez-le dans un récipient résistant au feu et allumez-le. Dirigez la fumée vers votre corps à l'aide d'une plume que vous avez ramassée.
4. Entrez dans le bain et plongez la tête sous l'eau.
5. Prenez de profondes inspirations jusqu'à vous sentir assez détendue pour entrer en méditation.
6. En entrant en méditation, passez en revue les personnes, animaux, plantes, pierres et endroits sur Terre qui vous aiment et que vous aimez.
7. Prenez un tournesol et fixez-le pendant au moins cinq minutes en le laissant devenir vous.
8. Sentez la protection offerte par cet amour vous entourer.

Nacre

C'est une nuance que je vois souvent autour de personnes célèbres ou qui doivent se trouver sur le devant de la scène car leur beauté intérieure doit être mise en avant. Elles ont une énergie angélique et ont, peut-être, passé une vie antérieure dans une autre dimension. L'énergie angélique est une énergie faite pour nous aider, une énergie qui veille sur les autres. Des anges peuvent apparaître dans l'aura des gens : il peut s'agir de leurs ancêtres devenus anges, d'enfants qui ont quitté cette Terre trop tôt ou qui ont disparu à cause d'une fausse couche, d'animaux décédés mais aussi d'êtres multidimensionnels qui nous aiment et veillent sur nous.

Cependant, les anges ont parfois besoin d'adopter une forme humaine afin d'œuvrer dans la troisième dimension. Ces personnes ont une nuance nacrée dans leur aura. Les animaux ont presque toujours une aura nacrée : c'est pour ça que je pense que les animaux sont des anges. J'ai mis la nacre dans les nuances additionnelles car elle est très rare. C'est une couleur que j'aperçois aussi dans l'aura de quelqu'un qui s'apprête à faire quelque chose d'héroïque ou d'altruiste, ou à être vraiment présent pour quelqu'un d'autre.

Il s'agit du genre de personnes qui excellent dans toutes les activités qu'elles entreprennent. Elles attirent naturellement les autres, et même si elles exercent un métier en bas de l'échelle, elles ont toujours un air princier.

Invitez cette couleur dans votre aura lorsque vous êtes prête à laisser la lumière de l'amour briller en vous. Les personnes à l'aura nacrée ont traversé de nombreuses épreuves, dans cette vie comme dans leurs anciennes incarnations. Elles ont choisi de faire briller leur lumière car elles savent ce qui pourrait arriver dans le cas contraire. Elles ont du mal à couper les ponts, même avec les personnes qui peuvent les blesser, car elles savent la souffrance engendrée par la perte d'un proche. Comme elles attirent tout et tout le monde, les lumières peuvent s'éteindre autour d'elles, des objets peuvent tomber et des oiseaux peuvent voler vers elles.

LA LUMIÈRE

Les personnes à l'aura nacrée ressentent le besoin d'agir pour le bien. Ce sont les artistes et les célébrités qui utilisent leurs dons pour engendrer des changements positifs dans le monde. Elles ont conscience d'être des modèles et endossent cette responsabilité ; elles sont toujours conscientes de l'exemple qu'elles donnent.

L'OMBRE

À cause du magnétisme qu'elles dégagent, elles peuvent attirer la jalousie. Les autres s'imaginent que leur vie a toujours été facile, alors que c'est bien souvent l'inverse. Comme elles sont constamment observées et admirées, le moindre petit écart peut avoir des conséquences dramatiques. Elles se sentent souvent seules, comme si personne ne pouvait les comprendre, et parfois les personnes les plus proches d'elles sont aussi celles qui les jalousent le plus.

Bain des Vies Antérieures

Personne ne peut dire ce qui se passe après la mort. C'est pour ça que la mort et ce qui nous arrive avant notre naissance sont désignés comme « le grand mystère ». Cela dit, je pense qu'après notre mort, si nous sommes conscients de notre décès, notre esprit retourne dans le grand mystère afin de se purifier, d'intégrer et assimiler les leçons qu'il a appris durant notre vie. Si nous avons encore des choses à apprendre, ou si nous avons un message à faire passer au monde, nous revenons.

Essayez de parler avec de jeunes enfants : parfois, ils se rappellent leur vie antérieure, peuvent parler de qui ils étaient ou même se souvenir de leur ancien nom. Nous revenons toujours, incarnation après incarnation, au même noyau de personnes, celles que nous connaissions avant, car il nous reste des choses à faire avec elles, personnellement mais aussi sur le plan de la conscience collective.

Parfois, on rencontre une personne qui nous effraie ou nous fâche immédiatement ; cela peut être dû au fait qu'elle nous a fait souffrir dans notre précédente vie. À l'inverse, nous rencontrons parfois quelqu'un dont nous tombons immédiatement amoureuse. Peut-être que nous étions amants avant. Même nos amis les animaux peuvent nous revenir sous une nouvelle forme. Je pense que les animaux qui nous approchent sont nos anges, qui ont besoin de rejoindre la troisième dimension pour guérir, protéger et apaiser notre esprit.

Je me demande si les personnes et les animaux que nous rencontrons, les foyers où nous habitons, les endroits que nous visitons et les objets que nous possédons ne sont pas une influence de nos précédentes incarnations. Même si elles n'en sont pas conscientes, les personnes à l'aura nacrée sont très liées à leurs anciennes incarnations, qui ont bien souvent été riches en événements. Elles reviennent à chaque incarnation afin de donner un exemple d'amour divin au reste du monde. Elles font beaucoup confiance à leur intuition, savent quel projet entreprendre et à qui elles doivent s'adresser.

Invitez la nacre dans votre aura lorsque vous êtes prête à partager avec le reste du monde la sagesse que votre esprit a acquise durant ses nombreuses incarnations. Ce bain vous aidera à puiser votre énergie angélique.

Ingrédients

1 mug de sel d'Epsom

Un mélange dans un sachet en tissu de tilleul, de violette et de pin blanc

Des aiguilles fraîches de pin blanc

Des pétales de rose blancs et violets

Quelques gouttes d'huiles essentielles d'encens et de jasmin mélangées à 4 litres de lait et 3 cuillères à soupe de miel

Une opale commune

Rituel

1. Placez tous les ingrédients dans l'eau du bain, chauffée à votre convenance.
2. Allumez une bougie.
3. Fabriquez un bâton de fumigation de sauge blanche, placez-le dans une coupelle résistante au feu et allumez-le. Dirigez la fumée vers votre corps à l'aide d'une plume que vous avez ramassée.
4. Purifiez votre aura avec une baguette de sélénite.
5. Entrez dans le bain et plongez la tête sous l'eau.
6. Tenez l'opale dans votre main gauche.
7. Demandez à la sagesse de l'eau, des plantes, des pierres et de votre superbe esprit de vous montrer toute chose de votre vie antérieure qu'il vous reste à traiter, à intégrer ou à assimiler.
8. Détendez-vous dans l'eau et ouvrez-vous aux leçons qui vous arrivent.

Magenta

Le magenta est la couleur d'un nouvel amour. Même s'il désigne le plus souvent un amour romantique, il peut aussi être le signe de l'amour de la vie ou d'une grossesse, car le fait de porter un enfant en vous implique aussi un nouvel amour. C'est la couleur qui apporte une énergie si positive que je ne perçois pas vraiment de lumière et d'ombre en elle ; je ne vois que la joie d'un nouvel amour. Ce n'est pas nécessairement l'amour pour un nouveau partenaire romantique ; au cours d'une longue et saine relation, il arrive parfois d'avoir des vagues de renouveau amoureux pour votre partenaire. Le magenta signifie aussi que ce nouvel amour vous offre beaucoup d'énergie pour mener les projets qui vous feront le plus grand bien. Faites les changements indispensables dans votre vie pour célébrer cet amour comme il le faut.

LA LUMIÈRE

Les Magentas sont l'exemple typique du nouvel amour, avec les papillons dans le ventre, l'harmonie, la naissance de l'espoir et les nouveaux départs.

L'OMBRE

Ceux qui n'ont pas encore tout à fait maîtrisé cette énergie peuvent se retrouver coincés dans des utopies, des projections ou des amours non réciproques.

Bain de la Naissance de l'Amour

AIR, EST, GÉMEAUX, PRINTEMPS	TISANE IDÉALE : ROSE, CYNORHODON, TILLEUL, FEUILLES ET FLEURS DE VIOLETTE

Ce bain est conçu pour inviter un nouvel amour dans votre vie. Vous êtes peut-être arrivée à un point dans votre relation actuelle où vous avez l'impression d'être coincée, où aucun de vous deux n'avance plus. Vous êtes peut-être prête à franchir une nouvelle étape avec la personne pour qui vous avez des sentiments. Ou peut-être que vous voulez nouer un lien avec le bébé qui grandit en vous. Ouvrez-vous et laissez une vague d'énergie nouvelle vous toucher avec tout l'amour qu'elle porte.

Ingrédients

1 mug de sel d'Epsom

1 mug de fruit du dragon en poudre

1 mug de lait de coco

10 gouttes d'absolu de rose

Un cristal de quartz rose

Rituel

1. Placez tous les ingrédients dans l'eau du bain, chauffée à votre convenance.
2. Allumez une bougie.
3. Fabriquez un bâton de fumigation de palo santo et de cannelle, placez-le dans un récipient résistant au feu et allumez-le. Envoyez la fumée envelopper votre corps à l'aide d'une plume que vous avez ramassée.
4. Entrez dans le bain et plongez la tête sous l'eau.
5. Placez le quartz rose sur votre cœur.
6. Détendez-vous et imprégnez-vous de la magie et du soin que vous avez créés.

Pour finir

Merci de prendre part à cette expérience pour devenir votre propre guérisseuse grâce au pouvoir des Rituels de bains. J'ai commencé à partager mes bains sur les réseaux sociaux en 2013, et je suis très heureuse de voir que mon travail a inspiré tant de gens pour qu'à leur tour ils partagent leurs propres bains. J'ai travaillé dur pour donner l'exemple en devenant ma propre guérisseuse ; voir que mon travail se développe et s'implante m'enchante. J'espère que vous aussi, vous aurez envie de partager vos bains ou tout ce que ce livre vous a apporté. Vous pouvez le faire en prenant des photos ou en préparant un bain que vous avez apprécié pour une personne qui vous est chère.

Je pense qu'il ne faut que quelques ingrédients pour se guérir soi-même : la gentillesse, la compassion et le dévouement. C'est grâce à la gentillesse que vous pourrez débloquer vos pouvoirs de soins énergétiques. On reconnaît un véritable guérisseur car il place la bonté avant le fait d'avoir raison, avant l'admiration, avant toute autre chose.

Votre expérience passée, le nombre de contrées exotiques que vous avez traversées pour en apprendre davantage sur la guérison, vos diplômes, votre accent, vos habits, votre travail ou le fait que vous ayez ou non conscience que nous sommes tous des guérisseurs, pour les autres mais aussi pour nous-mêmes, n'ont pas d'importance. Si vous êtes bonne avec vous-même, mais aussi avec les autres, si vous cherchez toujours à grandir et à faire preuve de plus d'empathie, alors vous êtes déjà une guérisseuse.

Je remercie énormément tous les clients de mes Lectures holistiques qui m'ont tant appris. J'ai hâte de grandir durant ce voyage.

Merci à Mère Nature et à l'Amour d'être nos vrais maîtres, les vrais guérisseurs et les vrais professeurs.

Encyclopédie des ingrédients

Certains de ces ingrédients seront plus difficiles à trouver que d'autres, et pour tous les cristaux et herbes de ce livre, vous pouvez vous contenter de ce que vous avez déjà. L'ingrédient clé à tout rituel est votre intention. Ce n'est pas grave si vous n'avez pas tous les outils ; vous avez seulement besoin d'amour. Avant chaque rituel de bains, vous pouvez augmenter votre pouvoir en préparant votre aura ; fixez votre énergie et votre intention afin d'être prête et réceptive à la puissance de votre bain rituel.

Vous pouvez soit ramasser des herbes fraîches, en faire des bouquets et les pendre afin de les laisser sécher, soit les acheter directement séchées. Brûlez-les dans une coquille, un bol ou un récipient spécial ; vous pouvez aussi en utiliser certaines en tisane.

Les propriétés de soins physiques sont écrites en italique.

FLEURS, FRUITS ET PLANTES

LA RÉALITÉ

ROSE ROUGE	masculinité divine, ancrage, support, *vitamine C, booster d'immunité, diurétique*
ROSE BLANCHE	sage innocence, nouveau départ

ROSE ROSE	féminité divine, créativité, inspiration
ROSE JAUNE	bonté
AIGUILLE DE PIN BLANC	connexions ouvertes entre toutes les dimensions, support *poumons, toux, remède pour le rhume*
POMME DE TERRE ROUGE	apaisante, ancrage, nutritive *potassium, vitamine C, vitamine B6, remède contre l'ulcère*
POMME DE TERRE VIOLETTE	guérit les connexions aux ancêtres *potassium, vitamine C, vitamine B6, remède contre l'ulcère*
POMME ROUGE	abondance, patience *magnésium, vitamine C, vitamine B6, fibres*
ORANGE SANGUINE	inspiration, surprise, exaltation *vitamine C*
FRAMBOISE	énergie vitale, douceur, joie
ROMARIN	douceur, maternelle, protection énergétique
BASILIC FRAIS	actif, stimulant, abondance
ORANGE	motivation, ancrage dans la joie, inspiration
PÊCHE	guérison sexuelle, nutrition, réconfort

CONCOMBRE	rafraîchissant
CITRON	puissant purificateur d'énergie
FRUITS DES BOIS	motivation
FEUILLE DE PISSENLIT	aide à se débarrasser de la colère et la frustration
MÛRE	motivation
MYRTILLE	méditation, communication, médiumnité
THYM	aide à sortir du chagrin
ÉCORCE D'ORANGE	motivation
FEUILLE DE CHÊNE	gardienne de la sagesse, guide, possibilités
FEUILLE DE SORBIER	protection contre les autres dimensions, puissance
EXTRAIT DE VANILLE	apaisant, bonté, douceur
FEUILLE D'EUCALYPTUS	motivation, éveil, purification, rafraîchissante

IDÉALEMENT

PLAN DE VANILLE	amour, enchantement
FEUILLE DE VIGNE	abondance, enfants
TRÈFLE VIOLET	fertilité
RUDBECKIE HÉRISSÉE	fertilité, développement, confiance
ÉCHINACÉE	guérison, rêves, vision, immunité spirituelle
ONAGRE	guérison, guérison des blessures
MUFLIER	joie
FLEUR DE CERISIER	regain d'énergie
PASTÈQUE	abondance, célébration
FORSYTHIA	promesse, espoir
MARGUERITE	joie, lumière, prospérité

TOURNESOL	méditation, encouragement, miroir
FLEUR D'ACHILLÉE MILLEFEUILLE	guérit la douleur, le deuil et la peur
MYOSOTIS	patience, amour
JONQUILLE	endurance, courage
PIVOINE	attire la gentillesse, la beauté et la vérité
PENSÉE BLEUE	espace de rêve
FEUILLE DE VIOLETTE FRAÎCHE	amour divin
HORTENSIA BLEU	connexion à la communauté
BLEUET	développement prolifique
ROSE VIOLETTE	rêves

HERBES POUR LE BAIN

	LA RÉALITÉ
THÉ VERT	purification
ROMARIN	protection
PASSIFLORE	détente
ARMOISE	sagesse, rêves
PIN BLANC	renforcement
CARDAMOME	chaleur, facilite le changement
CANNELLE	protection
THÉ CHAI	inspiration, développement, productivité
FRUIT DE LA PASSION	nouvel amour dans votre vie
VERGE D'OR	immunité
CAMOMILLE	détente

IDÉALEMENT

BAIE DE SUREAU	communauté, amitié
SHATAVARI	féminité divine
THYM	acceptation du deuil
HIBISCUS	encourage la gratitude
CYNORHODON	immunité, fertilité, changement
FEUILLE DE FRAMBOISIER	guérisseuse maternelle
ORTIE	balaye le doute
SAFRAN	loyauté
MÉLISSE	détente
TILLEUL	douceur de l'amour

VIOLETTE	rêves, manifestation de l'amour
MILLEPERTUIS PERFORÉ	exaltant
GUAYUSA	exaltant
TRÈFLE VIOLET	fertilité, développement
ONAGRE	guérit les blessures
ÉCHINACÉE	immunité énergétique
RUDBECKIE HÉRISSÉE	purifie l'énergie
RACINE D'OSHA	guérit de l'addiction
CHRYSANTHÈME	ancrage
VALÉRIANE	soulage la douleur
ACHILLÉE MILLEFEUILLE	libère de la douleur, développement
CAMOMILLE	relaxation

ROSE SAUVAGE	abondance de l'amour sauvage
BRUNELLE COMMUNE	soyez votre propre guérisseuse
LIANE DU PÉROU	protection
ANGÉLIQUE	appelle les anges
CENELLE	aide aux offrandes du cœur
MOLÈNE	respiration profonde
BAIE DE SUREAU	sagesse curative
ORME ROUGE	apaise l'esprit
FLEUR DE POIS BLEU	magie
HERBE RÊVEUSE	inspire des rêves puissants
AVOINE	couverture d'amour apaisant

HUILES ESSENTIELLES

LA RÉALITÉ

LAVANDE	quand vous devez lâcher prise
ABSOLU DE ROSE	pour le pouvoir de votre amour
MÉLISSE	quand vous voulez rester au calme
ROMARIN	quand vous cherchez la protection de la mère divine

IDÉALEMENT

VÉTIVER	quand vous voulez vous recentrer
BOIS DE ROSE	quand vous voulez être à l'aise lorsqu'on vous aime
BOIS DE CÈDRE	quand vous voulez vous sentir chez vous n'importe où

POUR LA PROTECTION MATERNELLE

CARDAMOME	quand vous êtes prête à vous éveiller

ORANGE DOUCE	quand vous voulez être heureuse pour pouvoir créer
VANILLE	quand vous voulez attirer la douceur
JASMIN	quand vous voulez danser avec la féminité divine
PATCHOULI	quand vous voulez éveiller votre sexualité
TILLEUL	quand vous voulez appeler tout ce qui a trait à l'amour dans votre vie
CITRONNELLE	quand vous voulez trouver votre voix
FRANGIPANIER	quand vous avez envie de voir à quel point vous pouvez être heureuse
ENCENS	quand vous avez besoin d'une bénédiction
PALO SANTO	quand vous avez besoin d'une bénédiction
MÉLISSE	pour une douce tranquillité
LILAS	quand vous êtes prête à accueillir la nouveauté
VIOLETTE	quand vous êtes prête à accueillir l'amour de votre vie

CRISTAUX

LA RÉALITÉ

QUARTZ FUMÉ	quand vous vous sentez lourde
CRISTAL DE ROCHE	quand vous fixez une intention
AMÉTHYSTE	pour votre tout
QUARTZ ROSE	pour le pouvoir de soin holistique de l'amour
OBSIDIENNE	quand vous avez l'impression d'être coincée

IDÉALEMENT

CITRINE	quand vous cherchez l'abondance
CORNALINE	quand vous devez vous mettre au travail
SAPHIR	pour exprimer votre vérité
PIERRE DE LUNE	pour recentrer la rêveuse

LABRADORITE	quand vous cherchez la guérison
AGATE MOUSSE	quand vous voulez mieux gérer votre argent
MALACHITE	quand vous voulez vous rappeler que vous êtes l'amour et que vous êtes aimée
ÉMERAUDE	quand vous voulez célébrer quelque chose
JADE	pour votre vérité, vos conseils, votre santé et votre beauté
TURQUOISE	quand vous voulez vivre votre vérité
TOPAZE	quand vous savez que vous avez besoin d'une confrontation consciente
TOURMALINE NOIRE	quand vous devez arrêter d'absorber l'énergie qui n'est plus à vous
LARIMAR	quand vous voulez connaître votre vérité
APATITE BLEUE	quand vous devez parler en public
CÉLESTITE	quand vous voulez interpréter vos rêves
FULGURITE	quand vous voulez rencontrer votre chaman intérieur

QUARTZ LÉMURIEN	quand vous voulez avoir accès à la sagesse de votre esprit multidimensionnel
LABRADORITE BLANCHE	pour comprendre tous vos rêves
CUIVRE NATIF	quand vous avez besoin d'équilibre
OPALE	quand vous appelez vos anges

AUTRES, POUDRES ET LIQUIDES

MIEL	quand vous êtes prête à recevoir tout ce qui est lié à l'amour divin
JUS DE POMME	quand vous cherchez la purification
LAITS	quand vous cherchez l'apaisement
JUS DE CRANBERRY	pour vous libérer d'anciennes douleurs
LAIT D'AVOINE	quand vous voulez apaiser votre esprit et votre peau

JUS DE FRAMBOISE	quand vous êtes prête à donner naissance à quelque chose ou quelqu'un
LAIT DE COCO	quand vous cherchez l'apaisement
EAU DE MER	pour une sagesse purificatrice
EAU LUNAIRE	pour vous guider
VINAIGRE DE CIDRE	quand vous êtes prête à trouver l'équilibre
JUS D'ORANGE	pour vous connecter à votre pouvoir personnel
JUS DE PÊCHE	pour trouver votre propre douceur
POUDRE DE CUIVRE	quand vous voulez activer quelque chose
VIN ROUGE	quand vous voulez baigner dans une détente purifiante profonde
ALGUE BLEU-VERT	quand vous voulez ressentir l'abondance de la réceptivité
BICARBONATE DE SOUDE	quand vous voulez purifier en profondeur votre énergie

EAU DE ROSE	pour baigner dans la vibration de l'amour divin
FRUIT DU DRAGON EN POUDRE	quand vous êtes prête à appeler un nouvel amour
JUS VERT	quand vous voulez vous rappeler vos origines
ARGILE ROUGE	quand votre esprit a besoin d'être nourri
ARGILE BENTONITE	quand vous devez être présente à un endroit à la fois
POUDRE DE GRAVIOLA	quand vous êtes prête à vous débarrasser de votre colère
POUDRE DE FEUILLE D'ORTIE	pour tout usage, surtout pour la protection
LAIT DE GRAINES DE CITROUILLE	quand vous avez envie de vous sentir comme Cendrillon qui profite de la vie
JUS DE FRAISE	quand vous êtes prête à vous éveiller à la douceur de la vie
BAIES D'AÇAÏ ET BAIES DE MAQUI	quand votre esprit veut danser
POUDRE DE MICA (DORÉ, CUIVRE, BLANC)	quand vous avez besoin de sentir un bouclier extrêmement résistant autour de vous

ARGENT COLLOÏDAL	quand vous êtes prête à trouver votre propre bouclier
MICA DORÉ	quand vous êtes prête à déplacer des montagnes
CHARBON	quand vous avez besoin d'une désintoxication
POUDRE D'HIBISCUS	quand vous voulez que votre corps exprime votre ressenti intérieur
AMÉTHYSTE EN POUDRE	quand vous avez besoin d'être un peu plus consciente
LÉPIDOLITE EN POUDRE	quand vous passez trop de temps sur votre téléphone
CÉLESTITE, LARIMAR OU TURQUOISE EN POUDRE	quand vous savez qu'il est temps d'affronter votre vérité

SELS

SEL D'EPSOM	pour purifier votre esprit
SEL DE MER ROSE DE L'HIMALAYA	quand vous voulez entrer en contact avec votre sagesse intérieure

SEL ROUGE D'ALAE	quand vous voulez déplacer votre énergie
SEL DE LAVE	quand vous avez besoin d'un peu de piquant
SEL BLEU DE PERSE	pour guérir votre voix
SEL DE CUISINE	pour vous ancrer dans la réalité

BÂTONS DE FUMIGATION

Les outils suivants, qui servent à purifier, bénir et protéger l'aura, fonctionnent tous d'une façon légèrement différente, mais tant que vous procédez avec tout le respect et l'amour possible, vous ne pouvez pas vous tromper.

Préparez une tisane avec les ingrédients et versez-la dans une bouteille munie d'un vaporisateur, ou allumez les ingrédients suivants pour utiliser leur fumée :

BÂTON DE CANNELLE	pour la protection, la conscience et la chaleur
PALO SANTO	pour la bénédiction, la protection, le conseil spirituel, la paix, la tranquillité et la force
ROMARIN	quand vous avez besoin de vous réveiller

LAVANDE	quand vous cherchez la paix et le calme
SÉLÉNITE	pour nettoyer votre aura des ondes indésirables
ARMOISE	pour la protection de la louve, le regard intérieur, la féminité divine, l'adaptabilité et la productivité prolifique
PIN	quand vous êtes prête à aller mieux
ENCENS	quand vous voulez vous connecter au divin
FOIN D'ODEUR	pour inviter vos guides et vos gardiens chaleureusement, amicalement, avec gratitude, amour, bonté et douceur
SAUGE BLANCHE	quand vous avez l'impression d'avoir besoin de l'équivalent spirituel de la Javel, pour la protection, la prière et la connexion à la masculinité divine
ROSE	quand vous appelez l'amour, l'abondance, la prospérité et la protection
CÈDRE	pour la force, le conseil et la sagesse de la grand-mère
PIN BLANC	quand vous avez besoin d'aide
COPAL	pour dire merci
YERBA SANTA (*ERIODICTYON CALIFORNICUM*)	pour purifier les poumons, avancer dans le deuil, mettre des limites en place et purifier

Les cristaux fonctionnent très bien pour une fumigation sans fumée et rapide. Je vous suggère d'utiliser un cristal en forme de baguette que vous passerez doucement dans le champ de votre aura, en gestes longs et dirigés vers la Terre.

POUR PURIFIER L'AURA

SÉLÉNITE	pour vous débarrasser de ce qui ne vous appartient pas
LÉPIDOLITE	quand vous avez besoin de déconnecter
TOURMALINE NOIRE	quand vous avez besoin d'une protection psychique
AMÉTHYSTE	quand vous subissez une transformation

POUR BÉNIR L'AURA

CALCITE BLEUE	pour vous rappeler de vos rêves
TOURMALINE MELON D'EAU	quand vous avez besoin d'une protection lorsque vous brillez
AMÉTHYSTE	quand vous voulez célébrer votre transformation

Le quiz de l'aura

Je ne suis pas sûre qu'il soit possible d'apprendre à percevoir les auras. Même si la photographie aurique (ou photographie Kirlian) est un concept amusant, je ne pense pas qu'il s'agisse d'une représentation exacte de l'aura. Les choses ne sont jamais identiques en réalité et en photo. Je pense que, lorsque l'on ferme les yeux et que l'on perçoit une couleur, c'est bien souvent celle de notre propre aura. Ce quiz est un moyen amusant de découvrir la couleur de base de votre aura afin de savoir quels bains prendre.

QUAND JE TRAVAILLE...

A. Je suis déterminée, concentrée et mes efforts portent leurs fruits.
B. Je suis créative.
C. Je sais depuis que je suis jeune ce que je veux faire, et c'est mon occupation actuelle.
D. Je viens en aide aux autres et à la planète.
E. Je mobilise mon don de perception et suis douée pour explorer des pistes.
F. Je travaille dans l'enseignement, d'une façon ou d'une autre.
G. J'ai du mal à savoir quoi faire, mais j'ai de grands projets pour plus tard.
H. Toutes les propositions.

MON FOYER EST...

A. Près de là où j'ai grandi et de ma famille ; je vis au même endroit depuis des années.
B. Près de l'eau et un peu en désordre.
C. Mon cocon.
D. Là où se trouvent mes proches.
E. Un endroit où réunir mes amis.
F. Calme et apaisant.
G. Partout où je vais.
H. Toutes les propositions.

JE ME SENS EN HARMONIE AVEC MA RAISON D'ÊTRE QUAND...

A. Je fais des plans pour l'avenir et pour les générations à venir.
B. Je crée quelque chose.
C. Je travaille.
D. Je m'occupe des autres.
E. Je partage avec les autres.
F. Je suis mon instinct.
G. Je rêve.
H. Toutes les propositions.

EN AMOUR, JE SUIS...

A. Très attachée.
B. Espiègle.
C. Loyale.
D. Attentionnée.
E. Fusionnelle.
F. Impulsive.
G. Proche du divin.
H. Toutes les propositions.

QUAND JE SUIS CONFRONTÉE À DE NOUVELLES IDÉES OU DE NOUVEAUX ENDROITS...

A. Je panique ; je n'aime pas le changement.
B. Je sens l'inspiration monter.
C. Je veux me retrouver en eux.
D. Je suis réceptive.
E. Je veux rencontrer toutes les personnes présentes et tout apprendre.
F. Je suis un peu timide et en retrait.
G. Je m'épanouis totalement.
H. Toutes les propositions.

SI VOUS AVEZ SURTOUT RÉPONDU PAR CETTE LETTRE, VOTRE AURA EST PEUT-ÊTRE :

A : ROUGE

Ancrée, passionnée, matérialisme, relations d'affaires, tournée vers la famille, forte

B : ORANGE

Créative, réceptive, inventive, capable de faire des rêves une réalité, besoins remplis

C : JAUNE

Joie, santé, nouveau départ, pensées positives, conscience, protection, addiction

D : VERT

Guérisseuse naturelle, empathique, amour, éducatrice, lien fort avec la nature

E : BLEU

Équilibre et besoin d'équilibre pour avancer, organisée, professeur, événement capital qui se profile

F : INDIGO

Capable de changer la donne, début de vie difficile, prompte à aider, détermination, dépression si ne suit pas le chemin, rebelle sacrée

G : VIOLET

Rêveuse, consciente spirituellement, timidité, protectrice, leader

H OU MÉLANGE DE LETTRES

Sûrement une nuance additionnelle dominante comme l'argent, l'or, le magenta ou la nacre

Remerciements

PHOTOGRAPHIE :

Ashley River Brant
ashleyriverbrant.love

ILLUSTRATRICE :

Cara Marie Piazza
caramariepiazza.com

HABILLEMENT :

Loup Charmant

Cara Marie Piazza

Matta NY

COIFFURE :

Sondra Tillman

CRISTAUX :

Dynamic Energy Cristals

SITES :

Maison de la fondatrice de True Botanicals Hillary Peterson

Auteur, réalisateur et fondateur de Nomad Studio

Tranquil, Artisan Studio & Garden, Mill Valey (Californie)

Tripp Carpenter, fabriquant de génie de mobilier, Espenet Furniture, Bolinas (Californie)

Oceanview Retreat, Stinson Beach (Californie) instagram.com/baytreebungalows

Baignoire en séquoia : Andrew Brant, mtzionworkshop.com

ÉQUIPE DE WILLIAM MORROW :

Liate Stehlik

Cassie Jones

Benjamin Steinberg

Emma Brodie

Shelby Peak

Bonni Leon-Berman

Yeon Kim

Mumtaz Mustafa

Susan Kosko

Molly Waxman

Alison Hinchcliffe

REMERCIEMENTS (PRODUCTION) :

Munay Hanekamp

Claire Michelle

Luciana Naclerio

Lindsay Bilezikian

Kelsea Kirsch

Annie Hwang

Steve Troha

Index des bains

Crédits

PHOTOGRAPHIES :

Ashley Glynn

ILLUSTRATRICES :

Cara Piazza

Ashley Glynn

ÉLÉMENTS RÉCURRENTS (PREMIÈRE APPARITION UNIQUEMENT) :

Taches d'aquarelle (p. 1): iStock/traffic_analyzer

Lunes (p. 3) : iStock/Bogdan Populov

Fond doré (p. 270) : iStock/letoosen

Illustrations lunes et cristaux (p. 59) : iStock/Tatiana_Kuzmina

ISTOCK :

Fond p. 24 : iiievgeniy

Fond p. 32 : Stegarau

Avez-vous aimé Rituels de bains?

Si vous avez aimé ce livre, nous aimerions vous demander une petite faveur en retour. L'écriture d'un ouvrage représente des mois de rédaction et souvent de longues années de travail en amont pour acquérir les connaissances nécessaires. C'est pourquoi, si vous le voulez bien, nous vous serions reconnaissants de prendre quelques minutes pour parler de ce livre autour de vous, à vos amis, à vos libraires, sur les forums, blogs, sites web, pages, réseaux sociaux, etc., mais aussi pour laisser un avis sur les sites de vente en ligne.

Vos commentaires participent beaucoup à la visibilité du travail de nos auteurs, mais les aident (et nous aident) aussi à mieux cerner vos attentes, à apporter des améliorations à leur travail et à écrire des ouvrages sur d'autres sujets qui pourraient vous intéresser.

Un livre ne vit et n'existe que lorsqu'il se partage et devient accessible à d'autres. Or, cela ne peut se faire que s'ils en entendent parler. Voilà pourquoi votre participation est aussi importante, et pourquoi nous nous en remettons à vous.

Ouvrages du même éditeur

LE GRAND GUIDE DES CHAKRAS

UN GUIDE POUR DÉBUTANTS POUR ÉQUILIBRER, GUÉRIR ET DÉBLOQUER VOS CHAKRAS, POUR LA SANTÉ ET L'ÉNERGIE POSITIVE

AUTEURE : DR ATHENA PERRAKIS

Vos chakras sont les centres d'énergie qui font la transition entre le monde visible du corps physique et le monde invisible de l'énergie. En mettant à profit le pouvoir de nos chakras, nous pouvons mener une vie plus saine, plus équilibrée et plus riche.

Athena Perrakis traite des neuf chakras principaux que nous pouvons utiliser pour l'équilibre, la guérison et la manifestation. Ce guide explique comment et pourquoi divers cristaux, huiles essentielles et plantes sacrées contribuent à renforcer chaque chakra. Chaque chapitre du *Grand Guide des chakras* comprend des exercices pratiques pour nous relier à l'énergie du chakra, dont des méditations, des exercices de journal magique, et des travaux avec les déesses et les guides spirituels. Le lecteur apprendra même comment créer un autel dédié aux chakras. Richement illustré par de nombreux dessins et photographies, ce guide se révélera essentiel tant pour les débutants que pour les énergéticiens expérimentés.

ⓘ Broché 20,5 × 25,5 cm - Illustrations couleur - 207 pages

LES CHAKRAS

COLLECTION « LES ESSENTIELS BIEN-ÊTRE »

AUTEURE : MARGARITA ALCANTARA

Que vous découvriez le monde des thérapies énergétiques ou que vous ayez déjà de solides connaissances en la matière, Margarita Alcantara, thérapeute énergéticienne, acupunctrice et maître reiki, vous aide à trouver la technique d'autoguérison par les chakras qui résonne le mieux avec vos besoins spécifiques (asthme, allergies, mal de dos, culpabilité, problèmes digestifs, épidermiques...). Dans ce livre, vous trouverez : une approche en trois parties de la guérison des chakras pour identifier votre problème de santé, découvrir le chakra affecté et choisir parmi une série de techniques efficaces de guérison ; un choix de diverses méthodes thérapeutiques, dont des méditations et des visualisations, des cristaux, des huiles essentielles, le yoga, l'alimentation et les changements de comportement ; des illustrations et des photos utiles des emplacements des chakras, des postures de yoga et des cristaux pour appliquer ces techniques d'autoguérison facilement.

ⓘ Relié 17 × 24 cm - Illustrations couleur - 192 pages

THÉS ET TISANES DE GUÉRISON

LES BIENFAITS DES PLANTES POUR ENTRETENIR VOTRE SANTÉ

AUTEURE : CAROLINE DOW

Rassemblant des savoirs très utiles, ce guide complet et richement illustré du monde des thés et des tisanes vous aidera à mener une vie plus saine et plus heureuse. Thé noir, thé vert, oolong : découvrez des chapitres détaillés sur différentes variétés de thés et leurs avantages. L'ouvrage propose également certains thés susceptibles de soulager un nombre important de maux qui sont listés dans le livre.

Que vous soyez buveur de thé aguerri ou converti de fraîche date, Caroline Dow vous enseigne les nombreux bienfaits des thés et des tisanes. Apprenez comment les composer, les préparer, les consommer et comment faire pousser votre propre jardin d'herbes. Utilisé à des fins de guérison et de prévention, le thé est un choix idéal pour mener une vie saine.

Relié 17 × 24 cm - Illustrations couleur - 342 pages

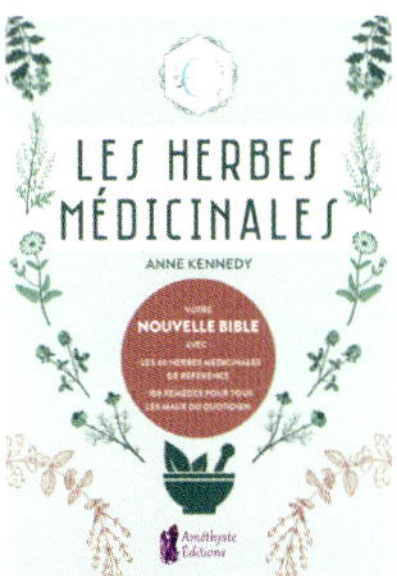

LES HERBES MÉDICINALES

COLLECTION « LES ESSENTIELS BIEN-ÊTRE »

AUTEURE : ANNE KENNEDY

Les herbes médicinales vous propose des techniques élémentaires et des traitements à base de plantes efficaces pour des problèmes de santé du quotidien, le bien-être et la beauté. En parcourant ses pages, vous découvrirez :

- Plus de 100 remèdes à base de plantes pour traiter des affections communes comme les maux de tête, la toux, les ecchymoses ou les crampes ;
- Des techniques pour acheter, utiliser,et faire pousser des plantes ;
- Les 44 plantes thérapeutiques les plus courantes et les plus efficaces, classées par ordre alphabétique ;
- Comment diminuer votre stress et renforcer votre mémoire naturellement avec des remèdes à base de plantes. Des recettes éprouvées pour prendre en main votre santé de façon naturelle !

Relié 17 × 24 cm - Illustrations couleur - 232 pages

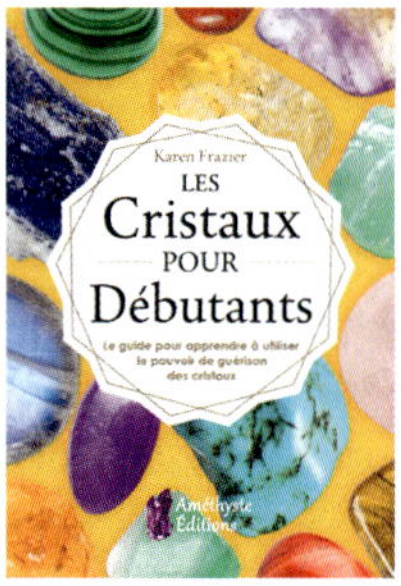

LES CRISTAUX POUR DÉBUTANTS

LE GUIDE POUR APPRENDRE À UTILISER LE POUVOIR DE GUÉRISON DES CRISTAUX

AUTEURE : KAREN FRAZIER

Avec *Les Cristaux pour débutants*, vous pourrez mieux comprendre comment les cristaux peuvent vous aider à améliorer votre vie, et donc le monde dans son ensemble. Avec quelques éléments de base et une poignée de minéraux, vous pouvez prendre le contrôle des énergies intérieures et extérieures pour créer votre espace de calme au cœur de toutes les tempêtes... *Les Cristaux pour Débutants* vous apprendra à :

- Bien débuter : Des méthodes & conseils pour bien commencer sa collection de minéraux et découvrir les techniques de soin.
- Profils des cristaux : Une étude détaillée d'une cinquantaine de cristaux, de leurs propriétés précises et de comment les utiliser correctement.
- Usages des cristaux : Mettez vos cristaux au travail, avec 75 prescriptions qui offrent des conseils précis pour travailler sur toute une série de problèmes, comme l'addiction, l'amour, l'anxiété, le bonheur, le chagrin, la colère, la compassion, la confiance en soi, la confiance, le courage, la décision, l'envie, l'équilibre, la gratitude, les limites, la maltraitance, la motivation, la négativité, la paix intérieure, le pardon, la patience, la prospérité, le regret, le rejet et le stress.

ⓘ Broché 15 × 21 cm - Illustrations couleur - 204 pages

DICTIONNAIRE DE LITHOTHÉRAPIE HOLISTIQUE

AUTEURE : AURÉLIA MARIANI

Découvrez dans ce guide indispensable 200 fiches de cristaux illustrées et plus de 600 indications thérapeutiques !

Les pierres renferment un pouvoir ancestral. Lorsqu'un minéral est utilisé de manière juste et appropriée, il peut revigorer, cultiver l'amour et même stimuler la créativité ! Aurélia Mariani, formatrice en thérapies énergétiques, vous enseigne tout au long de cet ouvrage les connaissances nécessaires pour exploiter au mieux les vertus des cristaux. Le *Dictionnaire de Lithothérapie Holistique* vous propose 200 fiches de minéraux détaillées ainsi que les méthodes d'utilisation de ces derniers, en présentant notamment pour chaque fiche les élixirs minéraux associés et les propriétés physiques, spirituelles et émotionnelles de chaque pierre. Le tout richement illustré pour une identification aisée, accessible aux débutants. Ce livre contient aussi un lexique thérapeutique, volontairement axé sur le développement personnel et les énergies subtiles, avec plus de 300 problématiques abordées. Un essentiel à posséder absolument pour tout curieux ou passionné de cristaux.

ⓘ Relié 21 × 28 cm - Illustrations couleur - 684 pages